汉乐府
女性题材审美论

田思阳 • 著

中国社会科学出版社

图书在版编目（CIP）数据

汉乐府女性题材审美论/田思阳著．—北京：中国社会科学出版社，2009．5

ISBN 978-7-5004-7723-5

Ⅰ．汉…　Ⅱ．田…　Ⅲ．乐府诗—文学研究—中国—两汉时代　Ⅳ．I207．22

中国版本图书馆CIP数据核字(2009)第058201号

责任编辑　罗　莉
责任校对　王兰馨
封面设计　王　华
技术编辑　李　建

出版发行　中国社会科学出版社
社　　址　北京鼓楼西大街甲158号　　邮　编　100720
电　　话　010—84029450(邮购)
网　　址　http://www.csspw.cn
经　　销　新华书店
印　　刷　北京新魏印刷厂　　装　订　丰华装订厂
版　　次　2009年5月第1版　　印　次　2009年5月第1次印刷
开　　本　710×1000　1/16
印　　张　11.25　　插　页　2
字　　数　172千字
定　　价　24.00元

凡购买中国社会科学出版社图书，如有质量问题请与本社发行部联系调换

序　言

李志慧

在我指导的历届研究生中，田思阳是以文学散文创作见称的。她在高中阶段即出版了散文集，本科和研究生阶段也不断有散文作品见诸报刊、获奖。这部《汉乐府女性题材审美论》的写作和出版，是她向学术领域的拓展和延伸。其中，既体现出她学术视角的诸多特点，又保持了她写作的一贯特色。

首先是研究对象的选择。两汉时期，是中国封建社会的定型时期，也是中国文学发展走向的探索期。经过春秋战国的社会变革，相继出现了秦、汉这两个统一的中央集权的封建大帝国，出现了“焚书坑儒”和“罢黜百家，独尊儒术”这两次思想文化统一运动。作为文学创作主体的士人阶层，面对心仪已久的大一统局面，尤其是西汉盛世和大汉雄风，他们是欢欣鼓舞的，于是产生了煌煌大赋；但是，新的历史条件尤其是经学语境的出现，士人人格的独立性和文化思想的原创性不能不有所收敛，而代之以依附性和因袭性，这就是西汉中期以后的学术散文和《汉书》。而对这种社会转型的理性思考，则产生出汉初贾谊、晁错的政论散文和“成一家之言”的《史记》。对这一文化现象，从各个层面上都可做进一步和深一步的探索和论析。田思阳却选择了汉乐府的女性题材，这就表现出她文学思维的定势。汉乐府“感于哀乐，缘事而发”，与《诗经》国风一脉相连，更贴近于现实，贴近于下层生活，更富于文学性。然而，前贤和今人之作，多着眼于乐府机构的考证和乐调的考释，或对其思想内容作分类论析。田思阳这部新著，在此基础上作深入的美学观照。这就既扬己之长，又避学界之短，自是难能可贵的。

其次，是全方位、多层面的研究视角。作者对夏商周三代及秦汉乐府源流的精审考略，开拓了她的研究视野，遂将属于乐府范畴之作，全部纳入所论对象，而不仅是今人所青睐的乐府民歌。她从文化学尤其文学本体论的角度，对汉乐府的女性题材作了全方位、多层面的观照。作者结合汉代的社会环境和文化背景，从经济、政治、思想、观念、伦理、道德等诸多层面，论析了汉乐府女性题材的认识价值、教育价值、情感价值，再从自然意象、意境美、语言美、悲剧美、音乐美等诸多层面，论析其美学价值，从民歌特质和娱乐功能层面论析其娱乐价值。可以说，这是迄今学界对汉乐府论析得最全面的一部著作。更难能可贵的是，作者的研究既着眼于古代，又植根于当代。她将自己对汉乐府女性题材的思想、艺术价值的论析和总结，落脚到对当代文学中女性形象塑造的意义和当代文化中重塑女性生命的意义的探索，更有其深意在。

其三，是全书的论析方法和行文风格。书后所附录的主要参考文献，涉及经史子集古籍文献、近人著述、西人著述和学报、期刊论文，涉猎是全面的。但是，书中对所论，不是平面式的描述阐释其思想艺术，更不是学究式的旁征博引前贤著述，而是研究思路的开拓，研究方法的借鉴。作者用宏阔的理论眼光，扎实的资料占有，来观照研究对象。其行文没有故弄玄虚处，是严谨的，通畅的，又是平易的，时见充沛的诗情，洋溢的文采。以清新明快的行文，传达深刻严谨的理论思辩，这种学术风格应该提倡。对学术著作来说，笑谈真理又何妨！

长于散文写作的田思阳，步入了文学研究领域，写出了这部学术专著，并不是人生的错位，而是观照对象的转换，思维方式的互补。本来，中国传统文化就体现出综合性，将理论家的思辩、学者的深厚和诗人的才情完美地结合在一起，不仅是古代哲人，也是五四时期一代学人的优良传统。对此，我们没有扬弃的权利，而有继承的义务。因此，对田思阳来说，她的学术研究可以深入下去，散文作品也可以照常写作，两者并行不悖，可以相辅相成。我以为。

不知田思阳以为然否？

2009 年春，于西北大学桃园书屋

目　　录

第三章　汉乐府女性题材的情感价值

引　言

研究的对象、方法及目的

《歌舞俑》河北磁县东魏墓出土

一　乐府源流考略

1. 乐舞的起源

王逸在《楚辞章句·九歌序》中曾论述道：

昔楚南郢之邑，沅湘之间，其俗信鬼而好祠，其祠必作歌乐鼓舞以乐诸神。

而记载中原文明的典籍《礼记·乐记》中则将诗歌、音乐、舞蹈的产生总结为："诗，言其志也；歌，咏其声也；舞，动其容也。三者本于心。"

由此可见，诞生于我国上古时代的融合了歌、乐、舞的综合性艺术创作活动，是同宗教、祭祀，以及广泛的人类社会活动联系在一起的。其中，祭祀与劳动各自构成了上古乐舞产生的两大源头。除《楚辞章句》外，《吕氏春秋》与《河图玉版》中也都分别描绘了先民在"祭神"之时创演的古乐：

> 昔葛天氏之乐，三人操牛尾，投足以歌八阕：一曰载民，二曰玄鸟，三曰遂草木，四曰奋五谷，五曰敬天常，六曰达帝功，七曰依地德，八曰总万物之极。（《吕氏春秋·仲夏记·古乐篇》）
>
> 古越俗祭防风神，奏防风古乐。截竹长三尺，吹之如嗥，三人被发而舞。（《河图玉版》）

而关于上古先民日常劳动中产生的歌舞活动，鲁迅先生在《且介亭杂文·门外谈文》中也曾指出：

> 人类在未有文字之前，就有了创作，可惜没有人记下，也没有法子记下。我们的祖先的原始人，原是连话也不会说的，为了共同劳作，必须发表意见，才渐渐的练出复杂的声音来。假如那时大家抬木头，都觉得吃力了，却想不到发表。其中有一个叫道"杭育杭育"。那么这就是创作；大家也要佩服、应用的，这就等于出版，倘若用什么符号留存了下来，这就是文学；他当然就是作家，是"杭育杭育"派。

在劳动中产生了最原始的诗歌。其中"歌"的流传又先于"诗"的记载。又如《吴越春秋·勾践阴谋外传》中所记载的传说在黄帝时代被称之为《弹歌》的诗："断竹，续竹，飞土，逐宍。"

刘勰《文心雕龙·通变篇》曾评此诗："黄歌'断竹'，质之至也。"《章句篇》又评："二言肇于黄世，'弹竹'之谣是也。"游国恩版、袁行霈版《中国文学史》均将其列为中国古代文学史上最原始的一首诗歌。简单明快的动作节律配以素朴的音乐，综合了诗歌、音乐、舞蹈等诸多因素的音乐文学的最早成型之作当肇始于斯。

上古先民从生产劳动和祭神、祭郊庙等集体活动中生发起来的诗歌、音乐、舞蹈相综合的艺术活动，便是后世"乐府"这一音乐文学模式的初源。

夏、商、周三代的乐舞活动，多与宗教、巫术联系密切，质朴、粗犷而富含神秘意味。由于文字之晚起，三代乐舞的记载多出现在后世补记、传说当中。

2. **夏代乐舞**

夏代的第一位君主夏启促成了夏代乐舞的繁兴。《墨子·非乐上》记载道：

> 启乃淫佚康乐，野于饮食。将将锽锽，管磬以力。湛浊于酒，渝食于野。《万舞》翼翼。章闻于天，天用弗式。

《大夏》是夏代乐舞的代表作。其创作目的是欢庆大禹治水的成功。吴公子季扎在观看过《大夏》后赞美道："美哉！勤而不德，非禹其谁能修之！"（《左传·襄公二十七年》），可见夏代乐舞已经具备了一定的思想和艺术水平。

3. **商代乐舞**

《周礼·春官·宗伯》载："凡有道者、有德者使教焉，死则以为乐祖，祭于瞽宗。"

《礼记·明堂位》又载："瞽宗，殷学也。"郑玄注"瞽宗，乐师瞽蒙之所宗也。"这说明在商代已经出现了专门的乐舞唱颂、教授人员；以及对乐舞专职人员进行管理的国家性质的音乐机构。在商代，乐舞的普及度大大提高。习舞已经成为了贵族子弟必须的修养之一。此外，社会性的占卜、崇奉等巫术活动也多有乐舞行为的参与。《说文解字》解释："巫，女能事无形，以舞降神者也，象人两袖舞形。"由"巫"字的象形结构与神职人员的社会行为两相映照，正体现了在笃信巫术的殷代，宗教性乐舞是普遍盛行的。

4. **周代乐舞**

据《史记·周本纪》记载："既绌殷命，袭淮夷，作《周官》。兴正礼乐，度制于是改，而民和睦，颂声兴。"

这就可见周代的礼乐制度已经较为完备。从礼乐之行政管理职能看，周代设礼乐机关"大司乐"。大司乐中的管理人员称"乐正"。《礼记·王制》载："乐正崇四术，立四教，顺先王诗、书、礼、乐以造士。"可见"乐正"的职责是负责乐舞的管理和教育培训的。

周代的乐舞有着严格的等级规格之规定，呈现出了较为成熟的尊卑制度和统属关系。如《春秋公羊传·隐公五年》载："天子八，诸公六，诸侯四。"

周代已经建立起了制度化的宫廷"雅乐"体系。包括再现武王伐纣这一历史功绩的《六月》；供贵族子弟学习宫廷祭祀制度所用的六曲"小舞"；以及《舞雩》、《傩》两部宗教性乐舞。

除此之外，周代还出现了不受"大司乐"管辖的"散乐"、"四夷乐"两类民间乐舞。其中"散乐"指民间自创的杂奏等歌舞；"四夷乐"指周代各部落自制乐舞。这类民间乐舞当是后世乐府民歌在音乐上的最初雏形。

除了音乐元素之外，周代的乐舞与诗歌之结合也日趋紧密。《诗经》中的大部分诗歌都配合着乐舞的形式加以编演。《诗经》鲜明的音乐特性，历代学者多有论述。

郑樵《通志·乐略》云："乐府之作，宛同《风》、《雅》。"

今人余冠英在《乐府诗选·前言》中论述："《诗经》本是汉以前的《乐府》，《乐府》就是周以后的《诗经》。"

这就指明了《诗经》的周代乐府的性质。《诗经》的音乐性体现在乐歌性和舞蹈性两个主要方面。从乐歌性而言，《诗经》中的许多篇目都对诗歌的"歌诵"性质做出了明确提示。如《大雅·烝民》："吉甫作诵，穆如清风”；《小雅·巷伯》：“寺人孟子，作为此诗。凡百君子，敬而听之”；《大雅·卷阿》：“矢诗不多，维以遂歌”，等等。

《诗经》的舞蹈性主要通过歌辞音乐的节律变化加以体现。如《国风·周南·芣苡》篇，用歌辞的重复和细微的变化营造出整饬而欢快的舞蹈节奏。又如《小雅·采薇》篇，用曲调的匀称呼应配合典雅、平和的舞蹈特征。

周代的礼乐建设，被秦汉乐府直接继承。包括《诗经》在内的雅乐体系正是汉代乐府从官署部门设置，到音乐文学创作全方位的血亲之源。这一传承关系，宋人郭茂倩在《乐府诗集·郊庙歌辞一》中做了充分的阐发，当为三代乐府，特别是周代乐府与汉代乐府之纵向关系的的论：

> 《周颂·昊天有成命》，郊祀天地之乐歌也，《清庙》，祀太庙之乐歌也，《我将》，祀明堂之乐歌也，《载芟》、《良耜》，藉田社稷之乐歌也。然则祭乐之有歌，其来尚矣。两汉已后，世有制作。其所以用于郊庙朝廷，以接人神之欢者，其金石之响，歌舞之容，亦各因其功业治乱之所起，而本其风俗之所由。武帝时，诏司马相如等造《郊祀歌》诗十九章，五郊互奏之。又作《安世歌》诗十七章，荐之宗庙。至明帝，乃分乐为四品：一曰《大予乐》，典郊庙上陵之乐。郊乐者，《易》所谓“先王以作乐崇德，殷荐上帝”。宗庙乐者，《虞书》所谓“琴瑟以咏，祖考来格”。《诗》云“肃雍和鸣，先祖是听”也。二曰雅颂乐，典六宗社稷之乐。社稷乐者，《诗》所谓“琴瑟击鼓，以御田祖”。《礼记》曰“乐施于金石，越于音声，用乎宗庙社稷，事乎山川鬼神”是也。永平三年，东平王苍造光武庙登歌一章，称述功德，而郊祀同用汉歌。魏歌辞不见，疑亦用汉辞也。武帝始命杜夔创定雅乐。时有邓静、尹商，善训雅歌，歌师尹胡能习宗庙郊祀之曲，舞师冯肃、服养，晓知先代诸舞，夔总领之。魏复先代古乐，自夔始也。

5. 秦代乐府

在秦代，第一次出现了“乐府”这一名称。唐人杜佑的《通典·职官》载：

秦汉奉常属官，有太乐令及丞。又少府属官，并有乐府令、丞。

“太乐”与“乐府”均为乐官之称，分别管辖雅乐与俗乐。除了郊庙祭祀所用的雅乐在秦代继续发展了周代的传统之外，“俗乐”这种民间娱乐所采用的音乐方式也已经较为发达，并被列入了“乐府”的职能职责范围。《史记·李斯列传》引其文《谏逐客书》云：

夫击瓮叩缶，弹筝搏髀，而歌呼呜呜、快耳目者，真秦之声也；郑卫桑间，韶虞武象者，异国之乐也。今弃击瓮而就郑卫，退弹筝而取韶虞，若是者何也？快意当前，适观而已矣。

可见在秦代社会生活中俗乐是极为盛行的。这种音乐歌诗与日常化、世俗化、平民化的娱乐性社会文化需求的相联系，正是汉代乐府鲜明的民歌特色的先声。

6. 两汉乐府体制

汉代的乐府官署，初设于西汉初期，正式定型于武帝时代。从汉高祖时代起，具备一定体制的乐舞活动就已经成为了展现皇室威严的手段之一。《汉书·礼乐志》载：

高祖时，叔孙通因秦乐人制宗庙乐，大祝迎神于庙门，奏《嘉至》，犹古降神之乐也；皇帝入庙门，奏《永至》，以为行步之节，犹古《采荠》、《肆夏》也；干豆上，奏登歌，独上歌，不以筦弦乱人声，欲在位者遍闻之，犹古清庙之歌也；登歌再终，下奏《休成》之乐，美神明既飨也；皇帝就酒东厢，坐定，奏《永安》之乐，美礼已成也。

而负责此类郊庙乐飨活动的，正是汉初设立的“奉常”、“少府”官署之职。

在文景时代，“乐府”的概念已经出现在典籍的记载当中。收录于郭茂倩《乐府诗集》中的《安氏房中乐》正产生于这一时代。《汉书·礼乐志》云：

> 又有房中祠乐，高祖唐山夫人所作也。……孝惠二年，使乐府令夏侯宽备其箫管，更名曰《安乐世》。

可见“乐府”在文帝朝就已经存在。到了汉武帝时代，将郊庙之礼加以规范，并将其列入了“乐府”的职能范围。从此，乐府由管理皇家“雅乐”的单纯性功能扩展为兼管宫廷雅乐、祭祀之乐的综合性礼乐管理官署。对于武帝“立乐府”为乐府增设的这项职能，《汉书·礼乐志》中有详细记载：

> 至武帝定郊祀之礼，祠太一于甘泉，就干位也。祭后土于汾阴，泽中方丘也。乃立乐府，采诗夜诵，有赵、代、秦、楚之讴。以李延年为协律都尉，多举司马相如等数十人造为诗赋，略论律吕，以合八音之调，作十九章之歌。以正月上辛，用事甘泉圜丘，使童男女七十人俱歌，昏祠至明。

此外，武帝所立的乐府中，还增添了从民间“采诗”的职能。如《汉书·艺文志》所云：“自武帝立乐府而采歌谣，于是有代、赵之讴，秦、楚之风，皆感于哀乐，缘事而发，亦可以观风俗，知薄厚云。”

这与孔子文艺理论中《诗三百》的“兴观群怨”社会功能，无疑是一脉相承的。汉乐府的这项社会功能以及由此辑录出的大量作品，实际上也成为了汉乐府的精华之所在。后世文学研读中作为史料钩沉的“汉乐府”，多侧重于对于汉乐府民歌的探讨；而汉代乐府中的郊庙礼乐、雅乐诗歌篇什，对于中国文学史的意义也是非凡的。

自汉武帝完善了乐府的职能、功用之后，西汉朝的乐府无论作为管理机构还是作为歌诗类别，都沿用武帝制，呈现出了整饬而日常化的活动形态。直到西汉末年，汉哀帝下令罢废乐府：

《戈射渔猎画像砖》 汉

是时，郑声犹甚，黄门名倡丙疆、景武之属，富显于世，贵戚五侯、定陵、富平、外戚之家，淫侈过度，至与人主争女乐。哀帝自为定陶王时疾之，又性不好音，及即位，下诏曰："惟世俗奢泰文巧，而郑、卫之声兴。夫奢泰则下不孙而国贫，文巧则趋末备本者众。郑、卫之声兴，则淫辟之化流，而欲黎庶敦朴家给，犹浊其源而求其清流，岂不难哉！孔子不云乎？'放郑声'，'郑声淫'。其罢乐府官；郊祭乐及古兵法武乐，别属他官。"（《汉书·礼乐志》）

由此，乐府的歌工乐人被大量遣散，流入民间，虽促进了民间乐府诗歌的创作，但"采诗制"的破坏，却使得西汉的乐府机制和诗歌采编深受重创，盛景难现。

而据《后汉书·循吏列传》记载，时至光武时，光武帝又下令实行"广求民瘼，观纳风谣"的举措，这样东汉时的"举谣言"制便继承了西汉的采诗制度，并在收集、整理民间歌诗方面，取得了堪比西汉乐府的丰硕成果。在汉末文人五言诗正式兴起，逐步取代了汉乐府诗歌的诗歌主导地位之前，两汉乐府诗歌堪称魏晋文学浪潮的前身。

7. 两汉对汉乐府的编集

汉乐府的编集始见于班固《汉书》。《汉书·艺文志》中专列“诗赋略”类，收录汉诗三百一十四篇，仅录诗篇名录，未及诗篇具体文本，分为郊庙乐歌和文人乐歌与民间歌诗两种。东汉蔡邕所著《礼乐志》，以列举名篇的方法将东汉乐府分为《大予乐》、《雅颂乐》、《黄门鼓吹乐》、《短箫铙歌乐》四品。其中《大予乐》为郊庙乐府；《雅颂乐》为飨射之乐；《黄门鼓吹乐》为宫廷雅乐；《短箫铙歌乐》为武乐。却未将东汉乐府民歌列入编类范畴。

二　汉乐府女性题材作品概述

汉乐府产生的时代是继秦朝之后中国封建社会中的第二个朝代：汉代。汉代以公元前206年汉高祖刘邦始，至公元220年汉献帝刘协退位，国祚426年。以王莽篡政和光武中兴为分界点，在历史学中汉代被分为西汉和东汉。寿命短暂的秦帝国瓦解之后，楚人建立起来的汉王朝是封建制初步成熟的朝代，亦是中国历史上第一个国祚悠远的兴盛而强健的封建王朝。汉朝初步实现了国家的统一，使国家处在了基本和平的环境中。汉王朝的政治体制基本沿用秦制，经过对于诸侯王权节制等一系列政策调整之后，形成了一套较为完善的适合生产力发展的国家行政制度。于是，生产力得到了极大的发展。中国作为一个农业国的经济模式基本成型。手工业和商业也得到了初步的发展。成熟意义上的城市业已形成，最初的市民阶级出现在了长安、洛阳等繁华的大都市。

在汉代，人们第一次开始了人对自然界和人类社会的全面认知。整个时代呈现出精神愉悦，恢宏勃发，锐意进取的思想和时代精神。从汉初的以黄老之术治国到汉武帝的“罢黜百家，独尊儒术”，儒家的世界观、人生观逐步成为了思想的正统和主流，同时楚地“屈骚”的浪漫主义、道家的崇尚自然等先秦时代不同的意识形态仍然广泛地影响着人们的生活。先秦“文、史、哲”不分的浑融局面有所改变，文学取得了初步的独立地位。以汉赋为代表的文学样式成为了统治阶级文化精神的反映，最初的文士阶层凭借着赋体文学登上了政治舞台。《史记》这部史学巨著不仅在史学领域具有开创意义，其史传文学的写作体例及作者司马迁的精神境界和人生追求承接屈子，对于汉代骈文和散文，记叙功能的文学和抒情功能的文学都给以极大的影响。因而，作为儒家经典之一的“诗三百”的文学传统，在汉代并未被排除出主流文学之外，而是得到了积极的发展。

两汉的乐府诗歌作为汉代思想文化重要的组成部分，其庙堂诗作体现了儒家哲学和楚人自由精神的融合，而民间歌诗则广泛而深刻地展现了汉代民间精神和社会生活的复杂状貌。从文学意义上来看，庙堂献歌之外的汉代乐府诗歌因其更多、更新锐的不断演进的文学时代风貌，更具有文学史意义上的价值。

汉乐府诗歌的辑录现存有宋人郭茂倩编纂的《乐府诗集》四卷本、南朝人徐陵编纂的《玉台新咏》两卷本行世。两书共辑录汉乐府诗作二百余首，其中可以依据《汉书·艺文志》所界定的汉乐府民歌篇目，约128首。然两书都采用诗歌体例划分，总编各朝乐府诗歌的编纂模式，并未专章辟出两汉乐府诗歌卷集。因此，汉代乐府诗歌至今并无权威的断代辑校本行世。就汉乐府诗歌的界定而言，现本《中国文学史》大都将乐府诗与汉代文人五言诗分章编讲，但《古诗十九首》的大部分诗篇均散见在《乐府诗集》及《玉台新咏》当中。从诗作性质分析，文人诗作与汉乐府诗在诗歌体例、思想方法及文学境界、哲学倾向等诸方面确呈现着胶着浑融的局面。因此本书拟采用古之编纂之先例，将《古诗十九首》等汉代文人诗作也纳入汉乐府诗歌的研究论述范畴。

本书所研究的女性题材汉乐府诗作，是指由女性作者创作，或反映了汉代女性社会生活，或在诗歌中出现了较为鲜明的女性形象的，具有明显的女性文学特质的作品。缘此，笔者从《乐府诗集》和《玉台新咏》中，共辑录出女性题材作品96篇，从《古诗十九首》中选择诗作11首，共计107篇，作为本书研究的对象。在整个汉乐府诗歌中，女性题材作品占半数有余。这些作品，有反映汉代女性的社会地位的；有展示汉代女性生活状貌和精神世界的；有反映汉代妇女观等妇女问题、女性价值的。丰富地记录了汉代女性的生活现实、汉代女性题材诗歌的发展现状和汉代人的思想面貌。因此，对于汉乐府女性题材作品的研究，不仅是对汉代妇女生命的深度认知，更具有站在非全知的视角上，对于汉代文学、汉代社会生活和思想文化时代之特征深度认知的意义。

三 “审美价值”的内涵和外延的界定以及在本书中的应用

文学的价值，是指文学的本质特征在鉴赏过程中所产生的效应。文学是人对美的追求的产物，是人类审美意识的集中体现。作为一种独立的社会意识形态，文学为满足审美需求而产生、发展和存在。文学的基本价值是审美价值。审美价值是文学的其他各种价值得以发挥的基础；文学其他各种价值的实现又以实现文学的审美价值为最终目的。

文学的各种价值之所以必须以审美为中介，为根基，并且最终以审美价值为归宿，取决于文学的特殊内容和表达内容的特殊方式，这已为文学的社会作用得以实现的千万事实所证明。

审美过程是把握文学对象的审美内涵的唯一通道。“对于没有音乐感的耳朵来说，最美的音乐也毫无意义，不是对象”。马克思在论及主体与对象的关系时曾指出：“对象如何对他说来成为他的对象，这取决于对象的性质以及与之相适应的本质力量的性质；因为正是这种关系的规定性形成一种特殊的、现实的肯定方式。”“因为我的对象只能是我的一种本质力量的确证，也就是说，它只能象我的本质力量作为一种主体能力自为地存在着那样对我存在，因为任何一个对象对我的意义，都以我的感觉所及的程度为限。”①所以只有经过审美的中介，并以审美为基础，读者才有可能把握艺术形象，理解文学作品，进而获得认识、教育、娱乐以至感情的交流。人们只能在审美的感情交流过程中获得领悟，受到教益，产生愉悦。因此，从这个角度上看，文学的认识价值、教育价值、娱乐价值，等等，都是审美价值概念的外延。或者如王朝闻、童庆炳、

① 《马克思恩格斯选集》第四卷《1844年经济学—哲学手稿》，人民出版社1972年版，第126页。

杨辛等文论专家所指出的："文学的认识价值往往表现为启迪、领悟；教育价值往往表现为潜移默化；娱乐价值往往表现为寓教于乐；情感价值往往表现为净化升华。……文学的认识价值、教育价值、娱乐价值等等，都不过是审美活动的衍生物。"①

基于以上原因，本书拟从文学接受活动中实现认识功能的认识价值，实现教育功能的教育价值，实现感情交流功能的情感价值，实现艺术美感陶冶功能的美学价值，实现愉悦身心活跃社会生活功能的娱乐价值等五个方面，论述汉乐府女性题材作品在文学接受活动中所体现出的高度的审美价值。进而论述汉乐府女性题材诗作的现代意义。通过这样的论述和阐释，笔者力图就汉乐府诗歌、汉乐府诗歌中女性题材作品的历史文化价值、文学地位、现实意义以及目下此课题的研究开掘等问题，提出自己的看法和见解。

① 童庆炳：《文学理论教程》，高等教育出版社2000年版，第283页。

第　一　章

汉乐府女性题材的认识价值

•健妇持门户，一胜一丈夫

《泗水升鼎》山东肥城县孝堂山第五石　清《金石索》摹刻

认识价值是文学作品实现其审美价值的先决条件，亦是文学作品作为社会生活的反映和再现的艺术形式的本质属性之一。因此，对于汉乐府女性题材作品所反映的汉代女性经济政治生活、家庭生活的历史状貌做进一步的分析和认识，应是当前汉乐府女性题材研究的首要课题。

第一节　汉代女性的经济、政治生活

文学作品中反映的人物的经济、政治生活，是文学作品将人的自然属性与社会属性交相体察、再现的反映。越能丰富而纵深地反映典型时空中典型的社会生活状貌的作品，其审美价值就越高。越是对这类作品的认识价值加以深入考量，也就越能感知到作品审美的深度和力度。在

汉代这个生产力蓬勃发展，政治上强健有力的中国历史上的第一个“盛世”，汉乐府女性题材作品所反映出的汉代女性经济、政治生活，尽管是零散的文学表述，但集中起来进行研究，就会感到它包含着极大的丰富性和真实性，在社会发展史上，是汉代女性经济、政治生活状况的第一手生动记录。

一　汉代女性的经济生活

汉代经济生活的基本形态是以农业为经济主体，在农业进步的基础上工商业得到了较大规模的发展。从汉武帝兴修水利、大力发展新型农机具及实施“代田法”之后，汉代农业开始走向了全面成熟。文帝之后“田僮”的出现使得全国规模的农业经济更趋稳定。在汉代，全国约有四千六百万人口直接或间接地从事农业生产并以农业经济为主要经济行为。汉代的工商业是在春秋战国山东诸国工商业的基础上发展而来的。较大规模的官营手工业和遍布全国城乡的民间小手工业是这一时期工商业最显著的特征。汉代约有20%的人口在从事工商业行为。而手工生产、交换等商业行为也成为了这部分人的主要经济行为。

汉代女性在社会经济生活中处于相对于后世更加重要的地位。由于处于封建社会初期，封建礼教植根尚浅；地主阶级处于上升进取时期，生产关系开始广泛适应于生产力的发展。在这种社会条件下，妇女的劳动不仅限于家庭，而且涉及社会经济生活的其他领域，如农业、手工业等。此外，汉代妇女还从事漆器制作、酿酒，及各种商业活动。对于汉代女性的经济生活状况，汉乐府女性题材作品从多角度给予了生动的描述和反映。

1. 农业生产

《乐府诗集》卷第八十八，杂歌谣辞六之《后汉桓帝初小麦童谣》诗前题解引《后汉书·五行志》曰：

> 桓帝之初，天下童谣。按元嘉中，凉州诸羌一时俱反，南入蜀、汉，东抄三辅，延及并、冀，大为民害。命将出众，每战常负，中

国益发甲卒，麦多委弃，但有妇女获刈之也。

这段记载说明了在东汉，妇女从事播种、收获等农业生产活动已经是十分普遍的现象。“小麦青青大麦枯，谁当获者妇与姑。丈人何在西击胡。吏买马，君具车，请为诸君鼓咙胡。”（《后汉桓帝初小麦童谣》，《乐府诗集》卷第八十八　杂歌谣辞六）结合其他诗篇中女性从事蚕桑与纺织的劳作的描写，亦可见在汉代，男耕女织、女耕男战已经成为了人们生活的常态。

在与两汉乐府一脉相承的建安时代乐府诗中，曹植《种葛篇》（《乐府诗集》卷第六十四　杂曲歌辞二）则描写了一位被丈夫抛弃的女子独自种葛南山的场景：“种葛南山下，葛藟自成阴。”由于在汉魏时代，国内开始学着酿造葡萄酒，葡萄成为了经济作物，因此种植葡萄就成了诗中女主人公的谋生手段。另有魏明帝乐府《诗二首》其二（《玉台新咏》卷二）曰：“种瓜东井上，冉冉自逾垣。与君新为婚，瓜葛相结连。”诗中女子种瓜的行为亦是女性直接从事农业生产的记载。

2. 商业行为

“昔有霍家奴，姓冯名子都。依倚将军势，调笑酒家胡。胡姬年十五，春日独当垆。长裾连理带，广袖合欢襦。头上蓝田玉，耳后大秦珠。两鬟何窕窕，一世良所无。一鬟五百万，两鬟千万余。不意金吾子，娉婷过我庐。”（《羽林郎》，《乐府诗集》卷第六十三　杂曲歌辞三）诗歌于胡姬形象的塑造过程中，不经意处透露了汉代女性直接从事商业活动的确切信息。《史记·货殖列传》亦载有：“今夫赵女、郑姬，设形容，揳鸣琴，揄长袂，蹑利屣，目招心挑，出不远万里，不择老少者，奔富厚也。”从胡姬来自胡地的背景，妙龄当垆的行止，诗中“长裾连理带，广袖合欢襦”的带有职业特点的衣饰描写和“一鬟五百万，两鬟千万余”的暗示，不难看出，就当时的社会现实来看，与其认定胡姬是一个靠出卖劳动生存的贞洁少女，倒不如说更有可能的，她是兼做着酒肆生意和卖笑行当的、艰辛生活中的不幸的舞姬。胡姬的称谓中“姬”字也有“妓或侍妾”的本意。胡姬的身份，也可以在后世如唐人王维、元稹诗歌中的“酒家胡”形象得到旁证和参照，如王维《过崔驸马山池》：

"画楼吹笛妓，金碗酒家胡。"元稹《赠崔元儒》："最爱轻欺杏园客，也曾辜负酒家胡"等，而《青青河畔草》（《玉台新咏》卷一　杂诗九首）中，则更明确地写到女主人公："昔为倡家女，今为荡子妇。"可见从事娼妓行业已经成为了市井妇女商业行为的一项内容。

3. 蚕桑、纺织、采集等

在汉乐府诗歌中，女性的生产劳动还体现在从事蚕桑、纺织、采集等活动中。《盐铁论·散不足篇》曰："古者，庶人耋老而后衣丝，其余则麻枲而已，故命曰布衣。及其后，则丝里枲表，直领无袆，袍合不缘。夫罗纨文绣者，人君后妃之服也。茧细缣练者，婚姻之嘉饰也。……常民而被后妃之服，亵人而居婚姻之饰。"

这里所说的"常民"、"庶人"，主要是指农民。《后汉书·王符传》载东汉"细民"（指富农、中农）讲究"衣必细致，履必獐麂，组必文采"。但汉代多数农民的衣着主要仍是短褐、葛衣、皁服或粗制毛皮裘等，至于贫农"布褐不充"（《盐铁论·毁学篇》）、"衣不完采"（《史记》卷一百二十四《游侠列传》）、"衣敝履空"（《汉书》卷七十二《鲍宣传附唐林传》）的现象，则是很普遍的。在这种还未完全将纺织全面纳入商品交换的社会背景下，汉代女性所从事的蚕桑纺织，只能是家庭经济行为的辅助和补充。

在《乐府诗集》和《玉台新咏》中，描写到女性从事蚕桑纺织行为的作品计有《陌上桑三解》、《相逢行》、《长安有狭斜行》、《东飞伯劳歌》、《董娇娆》、《焦仲卿妻》、《上山采蘼芜》、《迢迢牵牛星》、《河中之水向东流》凡九首。例如：

> 罗敷喜蚕桑，采桑城南隅。（《陌上桑三解》）
> 不知谁家子，提笼行采桑。（《董娇娆》）
> 莫愁十三能织绮，十四采桑南陌头。（《河中之水向东流》）

在汉代，蚕桑业被视为类同农业的平民之"本业"。因此女性从事的蚕桑活动正是家庭经济的有力补充。在上引三诗中，从女主人公的言行举止和精神状态来看，她们应该不是靠蚕桑维持生计的下层妇女。在相对优裕的生活中，蚕桑是她们身为青年女性乐于从事的较轻松的体力劳动。既是女子必备的生活技能，又是她们生活中的喜好所在，完全不同于《诗经·豳风·七月》中“春日迟迟，采蘩祁祁。女心伤悲，殆及公子同归”的紧张气氛和劳作之苦。

随着蚕桑的商业价值逐步提高，据《四民月令》记载，汉代地主不但使用“蚕妾”从事蚕桑生产，而且在蚕事大忙季节要动员家中妇女儿童全力以赴，并独自完成养蚕、缫丝、纺织、印染等全部生产过程。在这种背景下，难怪刘兰芝所言：“三日断五匹，大人故嫌迟。非为织作迟，君家妇难为！”这一方面说明了纺织已成为一项经常性的家庭经济生产；另一方面还可以看出，纺织能力的高低是汉代社会判断女性劳动技能，进而判断女性对家庭经济的贡献的一项重要依据。《上山采蘼芜》中也言：“新人虽言好，未若故人姝。颜色类相似，手爪不相如。新人从门入，故人从阁去。新人工织缣，故人工织素。织缣日一匹，织素五丈余。将缣来比素，新人不如故。”而在《迢迢牵牛星》的神话本事当中，织女神奇的纺织技能，便是汉代人对于女性蚕桑纺织劳动的重视程度的最高体现。

食物采集方面。如《上山采蘼芜》中女主人公采摘的“蘼芜”即蘑菇；又如《涉江采芙蓉》（《玉台新咏》卷九）中：“涉江采芙蓉，兰泽多芳草。”又如《江南》中：“江南可采莲，莲叶何田田。鱼戏莲叶间，鱼戏莲叶东，鱼戏莲叶西，鱼戏莲叶南，鱼戏莲叶北。”尽言妇女采摘莲藕的生动的生活场景。可见从事辅助性的食物采集亦是汉代女性重要的经济生活之一。

4. 畸形的经济生产活动

如《黄门倡歌》（《乐府诗集》卷第八十四　杂歌谣辞二）中描写道：“佳人俱绝世，握手上春楼。点黛方初月，缝裙学石榴。君王入朝罢，争竞理衣裘。”宫廷女子学裁石榴衣裙的劳作，为的并非直接的经济利益，而是为了在取悦天子群臣的歌舞娱乐活动中展现自己的美艳。在这种情况下，她们的劳动不是谋生手段，而是娱乐男性的需要。更为尊贵的戚夫人从事的生产劳动就具有完全与之相反的特殊目的了。“子为王，母为虏。终日舂薄暮，常与死为伍。相离三千里，当谁使告汝。”

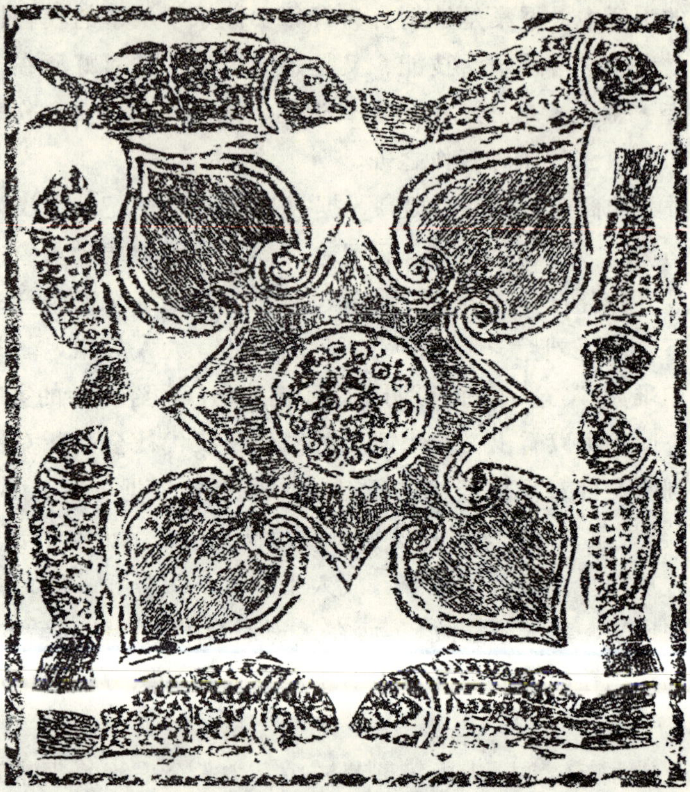

《鱼戏莲叶》安徽宿县褚兰镇墓山孜

（《戚夫人歌》，《乐府诗集》卷第八十四 杂歌谣辞二）身为皇妃的戚夫人在被吕后强迫舂米时，卑贱艰辛的劳动代表的是对戚夫人贵族身份的最大侮辱。

5. 女性经济生活比较研究

作为与《诗经》特别是与《国风》一脉相承的以民间采诗为其中精华作品的汉乐府诗歌，其中对于女性经济生活的描写与《诗经》中的相似题材作品颇多异同。如，同是描写被侮辱被损害的劳动妇女，《国风》中这样写道：

采葑采菲，无以下体。德音莫违，及尔同死。……泾以渭浊，湜湜其沂沚。宴尔新昏，不我屑以。（《邶风·谷风》）

> 三岁为妇，靡室劳矣；夙兴夜寐，靡有朝矣。言既遂矣，至于暴矣。……及尔偕老，老使我怨。淇则有岸，隰则有泮。总角之宴，言笑晏晏。信誓旦旦，不思其反。反是不思，亦已焉哉！（《卫风·氓》）

而在汉乐府《上山采蘼芜》中，更加强调了弃妇在劳动能力上的卓越，从而将《邶风·谷风》和《卫风·氓》中单纯的怨恨深化为了双向度的思考："长跪问故夫：'新人复何如?''新人虽言好，未若故人姝。颜色类相似，手爪不相如。新人工织缣，故人工织素。织缣日一匹，织素五丈余。将缣来比素，新人不如故'。"这里的乐府词在说明，如果夫妻之间的情意只能靠着女性的劳动力价值来维系，那么夫妻关系岂非退化成为了纯生存层面的低级需要。进而言之如果弃妇纵然劳动技能高超还是留不住丈夫的情意，那么新妇的劳动能力自然也不能成为夫妻白头偕老的保障了。对于女性人身依附地位中命运不能自主的社会现象，《上山采蘼芜》较之《诗经》篇章进行了更为深入的刻画。

在《诗经》中，部分女性生产劳动的场面还较多的呈现出集体劳动的性质，更多的服务于反映群体的经济生活的状况。如《芣苢》的描写和《豳风·七月》中的"女执懿筐，遵彼微行，爰求柔桑"。而在汉乐府中，女性的生产劳动无不以家庭、个人为单位。这是汉代封建社会家国体制相比较先秦时期极大完善的一个体现。

在魏晋的乐府诗歌中，诸多反映女性经济生活的作品承接了汉乐府中的思想倾向，所描写的经济生活内容上也颇多类同。但其中一部分诗歌在表现与汉乐府相似主题时，也呈现出了时代发展导致的经济生活描写的演进。其中，以对于《陌上桑》劳动描写的继承和发展最为典型。

《陌上桑》的故事主题原本基于一个先秦时代的采桑母题。据《白虎通义》引《礼祭义》曰："古者天子诸侯必有公桑蚕室。近外水为之筑宫，棘强而外闭之。"殷商先民祭祀"桑林"，进行的蚕桑活动，在一定意义上讲，是一种广泛寄托家国兴旺、子孙繁衍神话功能的国家行为。蚕桑与人的生殖感应使得"采桑"行为在先秦时带有特定仪式和象征意味。到了《陌上桑》产生的汉代，蚕桑业开始与商业行为相结合，汉乐府中的采桑描写更多地带有了对经济活动的记述功能。另外，先秦的采桑野合之俗也使得采桑描写在汉代乃至在后世的描写中都暗合着男女情事。如《陌上桑》、《董娇娆》、《河中之水向东流》都有此倾向。而在汉魏乐府及后世诗歌中，采桑逐步脱离了经济行为的范畴，而被仅仅当作是佳人言行的点缀和艳情的暗示。如曹植《美女篇》（《乐府诗集》卷第六十三　杂曲歌辞三）："美女妖且闲，采桑歧路间。柔条纷冉冉，叶落何翩翩。攘袖见素手，皓腕约金环。头上三爵钗，腰佩翠琅玕。明珠交玉体，珊瑚间木难。罗衣何飘飘，轻裾随风还。顾眄遗光采，长啸气若兰。"又如李白诗《陌上桑》："美女渭桥东，春还事蚕作。五马如飞龙，青丝结金络。不知谁家子，调笑来相谑。妾本秦罗敷，玉颜艳名都。绿条映素手，采桑向城隅。"

在汉代以后采桑母题逐渐偏离经济生活视角时，魏文帝所作的《秋胡行四解》（《乐府诗集》卷第三十六　相和歌辞十一）却从侧面回归了采桑劳作的本事。据《列女传》记载：

> 鲁秋洁妇者，鲁秋胡之妻也。既纳之五日去，而宦于陈，五年乃归。未至其家，见路傍有美妇人，方采桑而说之。下车谓曰："力田不如逢丰年，力桑不如见国卿。今吾有金，愿以与夫人。"妇曰："采桑力作，纺绩织纴以供衣食，奉二亲养。夫子已矣，不愿人之金。"秋胡遂去。归至家，奉金遗母，使人呼其妇。妇至，乃乡采桑者也。妇汙其行，去而东走，自投于河而死。

《乐府题解》则曰："后人哀而赋之，为《秋胡行》。"在汉魏流行的秋胡故事中，采桑劳动不仅承载了男女情事的象征功能，而且作为了秋胡妻子奉养老人的经济道德行为。至此，采桑本事的思想内涵便被大大地扩展了。

二　汉代女性的政治生活

西汉社会中，基本阶级是彼此对立的地主阶级和农民阶级。地主阶级包括皇室、贵族、官僚以及一般的地主等封建统治阶级。瞿同祖所著《汉代社会结构》在进行"社会层级划分"时，注重进行"官僚阶级"

《秋胡戏妻》山东嘉祥县武梁祠后壁画像石

的分析。正如卡尔·A. 魏特夫在书的《前言》中所说：“（瞿同祖）基本上按照马克斯·韦伯（Max Weber）的路数观察中国社会的历史的。他同意韦伯的观念，认为中国的官僚是一个阶级（stand）。……在此我想郑重地重申瞿教授与我共同秉持的一个观点，那就是，在帝制中国（imperial China），社会权力结构的核心是一个处于统治地位的官僚集团（a ruling bureaucracy）。这个阶层与我们最初称之为‘豪族’。”①

西汉的农民阶级包括自耕农、佃农和雇农。手工业者的经济地位相当于农民，属于被统治阶级。商人的经济地位比较复杂。大商人一般同样有大地主身份，是统治阶级的一部分；小商人虽然不是普通劳动者，但其经济地位类似手工业者和自耕农，同样属于被统治阶级。除此之外还有大量奴婢，他们的身份和经济地位最为低下，但他们不属于西汉社会的基本阶级。

在西汉社会经济的发展中，地主阶级和大商人迅速扩充势力，强占民田；役使和盘剥农民；掠夺财货奴婢，其中一部分逐步发展成豪强大族。农民阶级中的自耕农，经过汉初短暂的较稳定的发展后，少数上升

① 瞿同祖：《汉代社会结构》，上海世纪出版集团2007年版，第3页。

为地主，多数逐步陷入破产流亡的境地，从中分离出大量的人，成为“游食”的小商小贩，或补充着原有的佃农、佣工和奴婢的队伍。

东汉士大夫中，出现了累世专攻一经的家族，他们弟子动辄数百人甚至数千人。通过经学入仕，又形成了一些累世公卿的家族，如世传欧阳《尚书》之学的弘农杨氏、世传孟氏《易》学的汝南袁氏等。由于世居高位，门生、故吏遍于天下，因而又是士大夫的领袖。所谓世家大族，就是在经济、政治、意识形态上具有这种种特权的家族。东汉时期选士唯“论族姓阀阅”，世家大族子弟在察举、征辟中都能得到优先。

世家大族是从大地主中长期发展起来的特殊阶层。由于在政治、经济及意识形态方面的特殊地位，外戚往往同他们联结，世家大族在本州、本郡的势力更具有垄断性质。后汉崔寔在《政论》中就有歌谣为记：“州郡记，如霹雳，得诏书，但挂壁。”

在这样一个阶级等级森严，政治结构严密的社会中，女性自然也分属于不同的阶级和政治链条，并在其中扮演着她们各自不同的角色。对此汉乐府诗歌均给予了充分的反映。

1. 统治阶级女性

在统治阶级中，女性所处的地位往往是统治阶级中的被统治者，她们的社会角色常常表现为牺牲自身利益去实现统治阶级的目的。《君马黄》（《乐府诗集》卷第十六　鼓吹曲辞一《汉铙歌》）曰：

> 君马黄，臣马苍，二马同逐臣马良。易之有騩蔡有赭，美人归以南，驾车驰马，美人伤我心；佳人归以北，驾车驰马，佳人安终极。

据王汝弼《乐府散论》解：

> 你那么众多的老婆实际都是怨女，但平时闭锁深宫，没有机会逃回故乡；现在你带领她们出外游猎，不是给她们机会，让她们东西南北，各奔他乡吗？我实在替你担忧这个！①

① 王汝弼：《乐府散论》，陕西人民出版社 1984 年版，第 6 页。

武帝的妃嫔们看似身居万人之上，实际上过的却是失去人身自由的生活。诗作中的“归以南”、“归以北”，表达的正是诗人对这些不幸女性身心理想的体察和认同。在司马相如的《上书谏猎》中“卒然遇轶才之兽……犯属车之清尘”的话，也正是委婉的讽谏，与《君马黄》诗意异曲同工。

在班婕妤《怨歌行》（《乐府诗集》卷第四十二　相和歌辞十七）中，统治阶级女性的社会地位得到了更为形象的描绘：

> 新裂齐纨素，鲜洁如霜雪。裁为合欢扇，团团似明月。出入君怀袖，动摇微风发。常恐秋节至，凉飙夺炎热。弃捐箧笥中，恩情中道绝。

宫妃好比美艳的宫廷团扇，看似尊贵，却只能是君主手中的玩器。兴起则爱，尽兴则弃。在这首诗中，作者以皇家女性的口吻，点出了贵族妇女不仅没有人身自由，甚至不被当作“人”来看待的社会现实。后世层出不穷的宫廷怨诗，莫不以团扇意象和“将妃比物”作为基本的情感基调。如：

> 银烛秋光冷画屏，轻罗小扇扑流萤。（杜牧《秋夕》）
> 奉帚平明金殿开，且将团扇共徘徊。（王昌龄《长信秋词》）

在汉代统治阶级女性中，也有虽然处在被统治的角色当中，但却能运用自己的社会地位和母性情怀实现个人生命价值的。她们是汉代统治阶级女性中的佼佼者。如《歌诗一首》（《玉台新咏》卷九　歌辞二首）中的乌孙公主等。她们中的典型代表是王昭君。据《汉书·匈奴传》载：

> 竟宁中，呼韩邪来朝，汉归王昭君，号宁胡阏氏。呼韩邪死，子雕陶莫皋立，为复株累若鞮单于，复妻昭君。

王昭君以汉妾之身远赴漠北，固然首先是服从于西汉统治者的和亲政策，未必出自所愿。但在客观上，她毕竟在促进了胡汉和平的同时实现了自己的人生价值。在《昭君怨》中，昭君心有寄托的思想就有所流露：

既得升云，上游曲房。离宫绝旷，身体摧藏。志念抑沈，不得颉颃。虽得委食，心有徊徨。

在曹禺以汉代史实为本事创作的剧作《王昭君》中，昭君不甘居于被统治地位，渴望在社会生活中扮演更加重要角色的思想得到了更鲜明直率的表达：

难道一个女人就不能象大鹏似的，一飞就是九万里？
难道王昭君、我，一生就和这后宫三千人一样？①

王昭君的精神追求，在特定的历史机遇中得到了实现。但在汉代，绝大多数统治阶级的女性，却仍然身处绝对的被统治地位。更有如戚夫人等贵族女性，在受到男性统治的同时还要遭受到统治阶级女性，借助男性政权军权对其实施的，同性间更为残酷的统治和倾轧。她们之间的斗争，归根结底还是服务于男权统治和军政权统治的利益。贵族妇女只有不断借助她们所依附的权力，才能在被统治地位上为自己争取获得更大的利益。

2. 农民等被统治阶级女性

身处被统治阶级的平民妇女，在自身阶级中所处的地位和所扮演的角色，是男权统治下被统治者的被统治者。如《东门行》（《乐府诗集》卷第三十七　相和歌辞十二）中夫妻之间的心理力量对比：

出东门，不顾归。来入门，怅欲悲。盎中无斗米储，还视架上无悬衣。拔剑东门去，舍中儿母牵衣啼。他家但愿富贵，贱妾与君

① 曹禺：《王昭君》，四川人民出版社 1979 年版，第 14 页。

共餔糜。上用仓浪天故，下当用此黄口儿。今非，咄！行！吾去为迟，白发时下难久居。

即使身处“盎中无斗储，还视架上无悬衣”的贫困家庭，女性仍然只能处于更加底层的受人之制的地位。即使她希望影响她的丈夫，也得先把自己摆在更低的跟随者的位置上。而掌握着经济权力的丈夫即使让自己的妻儿只过着“餔糜”的日子，他仍然是女性的统治者。

与《东门行》中描写的城市平民生活有所区别的是，在乡村生活中，由于更多地参与了家庭的经济行为，女性的角色相比较而言略为重要。如《艳歌行》(《乐府诗集》卷第三十九　相和歌辞十四) 中妻子为游子补衣之后的场景：

夫婿从门来，斜柯西北眄。“语卿且勿眄，水清石自见。”石见何累累，远行不如归！

清代张玉穀在《古诗赏析》中解释“语卿”二句：“语卿二句，客晓居停夫妇之词，以喻出之，言简意括……”张玉穀将“语卿”二句解读为客所言。但据《辞海》1999 年版，“卿”字在古代的第二义为：“旧时君对臣，长辈对晚辈的称谓，朋友、夫妇也以‘卿’为爱称。”①

再联系《焦仲卿妻》中“贺卿得高迁”等语，似将“语卿”两句解读为主家妻子的言语更为恰切。在这里，妻子不仅自作主张替男客缝补衣服，更敢于与丈夫据理力争。她在自己生活环境中扮演着相对拥有自主权的角色。

3. 世家大族女性

世家大族女性属于统治阶级中的特殊群体，通常接受过较好的教育，拥有自己的人生追求。但从其身处阶级的角色和地位而言，也仍然是被统治的对象。如《白头吟二首五解》(《乐府诗集》卷第四十一　相和歌辞十六) 中的卓文君。据《西京杂记》载：“司马相如将聘茂陵人女为

① 《辞海》，上海辞书出版社 1999 年版，第 851 页。

妾，卓文君作《白头吟》以自绝，相如乃止。”卓文君只能用感情的决绝来感化丈夫，并没有制止丈夫纳妾的实际权利。尽管她能够在一定程度上自主婚姻，却仍然是司马相如的从属角色。又如《胡笳十八拍》（《乐府诗集》卷第五十九　琴曲歌辞三）中的蔡文姬，身处“我生之初尚无为，我生之后汉祚衰”的环境中，无论是“戎羯逼我兮为室家，将我行兮向天涯”，还是“忽逢汉使兮称近诏，遣千金兮赎妾身”，她的个人愿望都只能是“日月无私兮曾不照临，子母分离兮意难任”。无论被掠夺还是被赎买，终逃避不了受人摆布的命运。

4. 阶级及政治地位对女性人生的影响

身处上层社会的女性，在被男性掌握、控制的同时，往往也在利用着男性的权力，改变自己的命运，为自己和自己的家族争取最大利益。如《卫皇后歌》（《乐府诗集》卷第八十四　杂歌谣辞二）：“生男无喜，生女无怒，独不见卫子夫霸天下。”《汉书》曰：“卫子夫为皇后。弟青，贵震天下，天下歌之。”

尽管不能改变自己被统治的角色，但仍然可以通过男性的统治权力实现对于平民的统治。如《汉成帝时燕燕童谣》（《乐府诗集》卷第八十八　杂歌谣辞六）中的赵飞燕姐妹。《汉书·五行志》中记载了这首诗的本事：

> 成帝时童谣，后帝为微行出游，常与富平侯张放俱称富平侯家人，过阳阿主作乐，见舞者赵飞燕而幸之，故曰“燕燕尾涎涎”，美好貌也。“张公子”，谓富平侯也。“木门仓琅根”，谓宫门铜锾，言将尊贵也。后遂立为皇后，与弟昭仪贼害后宫皇子，卒皆伏辜……

诗中的“燕飞来，啄皇孙，皇孙死，燕啄矢”正是赵氏姐妹戕害后宫，称霸一方的写照。与之相反的是，一旦不能被统治者所用，上层社会的女性因其自身没有任何政治、经济能力，其命运往往会跌落到谷底，甚至性命不保。如《戚夫人歌》中的戚夫人、楚乐府《力拔山操》（《乐府诗集》卷第五十八　琴曲歌辞二）中的虞姬等。

相对于上层社会的女性，下层社会女性的政治地位对其人生的影响主要体现在对其基本人权的全面剥夺，这也是她们所处阶级面临的普遍境况。如《东门行》中愿与夫共铺糜的妻子，不是和丈夫同样承受生存的艰难，就是在丈夫揭竿而起后与丈夫一起被剥夺生存权。即使文帝废除了“收孥相坐”制度（秦代法律规定，罪人的父母、兄弟、姊妹、妻子和子女都要连坐，重的处死，轻的没入为官奴婢，称为“收孥相坐律令”。文帝明令废止。参见荀悦《前汉记》），失去经济支柱的她生存仍然不会得到保障。此外，下层社会女性因其阶级地位使然，经济上受剥削，政治上受压迫，人格遭凌辱的人生轨迹，在汉乐府诗歌中都有不同程度的反映。

第二节　汉代女性的家庭生活

秦汉时代的父系家庭是以分散式农业经济为经济基础的成熟的一夫一妻制家庭。家庭成员包括夫、妻，长、幼，家长和家庭其他成员。维系家庭的精神因素以西方文化的视角来说，爱和真诚是家庭最本质的要素，家庭成员间的忍耐宽容也是基于爱的基础。但是，在中国古代伦理哲学中，维系家庭的基本要素在于孝悌。

《论语·学而》有过这样的论述：“其为人也孝弟，而好犯上者，鲜矣；不好犯上，而好作乱者，未之有也。君子务本，本立而道生。孝弟也者，其为仁之本与!”

孟子也在《孟子·齐桓晋文之事》中说：“谨庠序之教，申之以孝悌之义。”

家国同构的中国古代社会，家庭的基本要素和维系方式很大程度上应和着整个社会的政治结构和国家构成要素。因此，时至汉代，家庭关系以及文学作品中有关家庭生活的描写，往往反映着当时人们广泛意义上的社会认识和家国观念。同时，尽管在中国的实践理性哲学中，强调将感性因素进行理性的归结和体悟，但基于人类精神的共通性，一些在西方思想体系中诞生的情感理论和思维逻辑同样适用于中国人的精神生活实际。因此在汉代中国，家庭的孝悌观念和爱与真诚观念，并非不可调和、不相容纳。但政治伦理考量依然是支配汉代家庭生活的哲学根基。这在汉乐府诗歌的家庭生活描写中，特别是家庭生活中的女性形象塑造中，得到了充分的体现。

一　汉代女性在家庭中的地位

汉代女性在家庭生活中的地位，主要包括夫妻间的地位和长幼间的地位两个方面。在长幼间的女性地位问题上，长幼之序与尊卑之序基本吻合。在家庭生活中处于长者地位的如母、姑、嫂等，一般对子侄辈的女性乃至男性都拥有自上而下的权力。其中，以婆媳间的"孝悌"为长幼间女性地位关系的核心。

在汉乐府诗歌描写的家庭生活篇章中，不乏居于家庭支配地位和主导地位的女性形象。如《孤儿行》(《乐府诗集》卷第三十八　相和歌辞十三）中的大嫂。她在家庭中，可以任意支配自己的小叔子：

> 父母已去，兄嫂令我行贾。……大兄言办饭，大嫂言视马。……兄与嫂严。独且急归，当兴校计。……愿欲寄尺书，将与地下父母，兄嫂难与久居。

很难想象如果不是她的权威甚至已经同化了丈夫的意志，"父母在时，乘坚车，驾驷马"的孤儿会在父母逝去后立刻生活得："头多虮虱，面目多尘土"。又如《焦仲卿妻》中的焦母。她在家庭中，处于绝对的统治地位。儿子和媳妇都不得不无条件的服从她的意愿。《戚夫人歌》和《赵幽王歌》(《乐府诗集》卷第八十四　杂歌谣辞二）中的吕后，也处在家庭的统治地位。高祖逝后，身为太后的吕后就拥有了对于皇室家庭的绝对统治权。她既可以迫害身份比自己低微的妃嫔戚夫人，更可以暗害自己的子侄辈赵王如意和赵幽王友。再如建安乐府诗歌阮瑀的《驾出北郭门行》(《乐府诗集》卷第六十一　杂曲歌辞一)："亲母舍我殁，后母憎孤儿。饥寒无衣食，举动鞭捶施。骨消肌肉尽，体若枯树皮。藏我空室中，父还不能知。"诗中憎恶前夫子的后母，在家庭中也扮演着统治者的角色。

汉乐府中更多的则是在家庭中处于与男性相对平等地位或从属地位的女性形象。如《艳歌何尝行四解》（《乐府诗集》卷第三十九 相和歌辞十四）中借白鹄自喻的夫妇："妻卒被病，行不能相随。五里一反顾，六里一徘徊。吾欲衔汝去，口噤不能开；吾欲负汝去，毛羽何摧颓。"夫妻间精神之平等见诸相衔、相负的悲情。又如《艳歌行》中："语卿且勿眄，水清石自见。"主妇与夫婿，本着不同的生活理念和价值观。妻子据理相言，殊无畏惧，可见夫妇两人关系的相对平等。相似的夫妻平等关系还在建安乐府陈琳的《饮马长城窟行》（《乐府诗集》卷第三十八 相和歌辞十三）一诗夫妻间的通信中传达了出来：

> 便嫁莫留住。善事新姑嫜，时时念我故夫子。
> 结发行事君，慊慊心意关。明知边地苦，贱妾何能久自全。

在汉乐府中，大部分女性仍然处于家庭生活或泛家庭生活中的从属地位。在很多诗歌中，女性对于自己的从属地位抱持的是主观认同的态度。如《冉冉孤生竹》（《乐府诗集》卷第七十四 杂曲歌辞十四）中的新妇所言："冉冉孤生竹，结根泰山阿。与君为新婚，菟丝附女萝。"以"菟丝"喻己而以乔木喻夫。相似的认同态度还有张衡《同声歌》（《乐府诗集》卷第七十六 杂曲歌辞十六）中新妇的心态："思为莞蒻席，在下蔽匡床；原为罗衾帱，在上卫风霜。"据《乐府题解》曰："言妇人自谓幸得充闺房，愿勉供妇职，不离君子。思为莞簟，在下以蔽匡床；衾裯，在上以护霜露。缱绻枕席，没齿不忘焉。以喻臣子之事君也。"家国同构的汉代社会里，诗歌中女性对于自己从属地位的认同，正是文人作家和汉代平民对于儒家尊卑礼制全面认同的体现。

二 家庭生活对于女性的要求

"不才勉自竭，贱妾职所当。绸缪主中馈，奉礼助蒸尝。"（张衡《同声歌》）家庭是绝大多数汉代女性最重要的甚至是唯一的生活环境。生活环境与心灵世界的狭小封闭，使得家庭生活对于女性的要求几乎成为了汉代女性全部的生活准则。在汉乐府诗歌中反映出来的汉代家庭生活对于女性的要求主要体现在生产劳作、道德、伦理、生育等方面。

妇学四德中的“妇功”即指妇女在家庭中要从事生产和劳作。其中包括维持衣食之需的采桑养蚕、纺绩织作，务中馈、备酒浆；也包括侍奉公婆、丈夫，生养孩子，招待宾客；还包括准备祭祀的用品和协助祭祀等。班昭《女诫》中指出：

> 妇功，不必工巧过人。
>
> 专心纺绩，不好戏笑；洁齐酒食，以奉宾客，是谓妇功。

妇女承担的妇功不但是家庭和谐之保证，也是国家赋税收入的重要来源。古有“一夫不耕天下为之饥，一妇不织天下为之寒”之说；《汉书·食货志》有：“女工一月得四十五日”的记载。因此，《焦仲卿妻》中刘兰芝因“织作迟”而遭到休弃；《上山采蘼芜》中故夫“将缣来比素，新人不如故”的价值判断，虽不一定反映了诗作矛盾冲突的本质，也当有其深刻的社会根源。《陌上桑》中用“罗敷喜蚕桑”，来补充说明“秦氏有好女”，亦是对罗敷女性社会认同的反映。

《陇西行》刻画的“健妇”形象于此极具典型意义：“好妇出迎客，颜色正敷愉。伸腰再拜跪，问客平安不。请客北堂上，坐客毾㲪氍。清白各异樽，酒上正华疏。酌酒持与客，客言主人持。卻略再拜跪，然后持一杯。谈笑未及竟，左顾敕中厨。促令办粗饭，慎莫使稽留。废礼送客出，盈盈府中趋。送客亦不远，足不过门枢。”《乐府题解》评论：“古辞云‘天上何所有，历历种白榆’。始言妇有容色，能应门承宾。次言善於主馈，终言送迎有礼。”王汝弼《乐府散论》中注释“废礼”二句：“我们的看法：这位旅客来自中原。中原礼俗，妇人但主中馈（下厨房），不预宾客迎送。而在陇西，则她们根本不相信这一套，所以在旅客眼中认为‘废’（弃）礼者，她们却认为是不可少的仪节。礼教虽废而仪德不缺，这正是女主人才德中可贵的一面……”① 张玉縠在《古诗赏析》中分析道：“此羡健妇能持门户之诗，旧解皆云中含讽意，盖因妇人宜处深闺，不应自应宾客也。然玩诗意，以凤凰和鸣，一母九雏兴

① 王汝弼：《乐府散论》，陕西人民出版社1984年版，第89页。

起，则此好妇之无夫无子，自可想见。门户既藉以持，宾客胡能不待？篇中绝无含讽之痕。起八句言天上物物成双，凤凰和鸣，惟有将雏之乐，以反兴世间好妇，不幸无夫无子，自出待客之不得已来。似与下文气不属，却与下意境相关。篇中所叙，事事中礼，却处处引嫌。”

笔者认为在诗作的最后，客人由衷称赞：“取妇得如此，齐姜亦不如。健妇持门户，一胜一丈夫。”是中肯的。诗中女主人公的持家才干，无论从经济劳作角度还是从礼仪角度、道德角度看，都堪称“健妇”。

汉代家庭生活亦重视对于女性“妇容”方面的要求。班昭《女诫》有云：“盛浇尘秽，服饰鲜洁，沐浴以时，身不垢辱，是谓妇容。”兰芝被休弃时“事事四五通”的描写，正可看做是兰芝对于以清洁为主要评价标准的“妇容”的遵守。只有首先做到了“盛浇尘秽，服饰鲜洁”，才有可能展现出女性特有的美感并保证家人的健康。由此推论，《陌上桑》、曹植《美女篇》以及《羽林郎》中女主人公的华服盛饰，在一定意义上，也体现的是汉代家庭生活对于女子芳洁美丽的要求。而《诗经·卫风·伯兮》中“自伯之东，首如飞蓬。岂无膏沐？谁适为容”的心理描写，则是“妇容”观的滥觞。

在曹植《乐府妾薄命行一首》中，则传达出汉代家庭生活对于女性要求的又一方面，即令女性担当起家庭文娱生活里的重要角色。这是对“妇容”要求的延伸和深化：“朱颜发外形兰，袖随礼容极情。妙舞仙仙体轻，裳解履遗绝缨。俯仰笑喧无呈，览持佳人玉颜。齐接金爵翠盘，手形罗袖良难。腕弱不胜珠环，坐者叹息舒颜。”

在汉代，对于女性在道德伦理方面的要求已成为了社会道德体系构建的重要组成部分。在家庭生活中对于女性的道德伦理评判也成为了女性重要的生命价值标准。西汉刘向编纂《列女传》，范晔在《后汉书》里首创“列女传”体例；班昭更编订有《女诫》一书，作为女性重要的道德范本。汉乐府诗歌对此有着极为生动的反映。首先是母性之良善道德。《东门行》中，女主人公对丈夫的劝诫；《妇病行》中，病妇对丈夫：“有过慎莫笪笞”的叮咛，都是女性在极端环境中凄凉心态的写照，更是其母性智慧和良善的绝好体现。诗中有此描写，可见汉代人对女性的母性之良善，已经有了多角度的肯定和体察。《艳歌行》中所表现的为客补衣且不惧夫疑的主妇，亦是对妇女母性之良善的赞美。反之，《孤

《持镜女俑》
四川成都永丰东汉墓出土

儿行》、《焦仲卿妻》、阮瑀《驾出北郭门行》中的大嫂、焦母、后母等形象，则是作为母性良善之要求的反面形象出现的。由此可见，汉乐府诗歌反映生活真实及其认识价值的深刻性。

在汉代，对于女性的贞操和孝道也已有了明确的道德要求。关于女性贞操，上古文献中即有所强调："妇人贞吉，从一而终也。"（《周易·恒·六五·象》）"壹与之齐，终身不改，故夫死不嫁。"（《礼记·郊特牲》）

但由于儒家礼教尚未转化为僵死的纲常教条，加之黄老等其他哲学思想在汉代仍具有着广泛的社会影响。因此，在汉代，从一而终的贞操要求主要体现在对于有夫有家的正常家庭生活中的女性的要求。如《秋胡行四解》中的秋胡妻。汉代人对于她的贞烈持赞扬态度。为生活的多样性所决定，在《汉书·地理志》中也尚有燕赵之地多淫风的记载：

“宾客相过，以妇侍宿。”“民家有女者，以待游士而妻子。”由此可见，在地近化外的陇西地区，民间存在着以妇待客的习俗或间事倡乐的待客之家并非不可能。但分析《陇西行》诗中“健妇”的言行，她无论是对客人怀有戒心的“慎莫使稽留”，还是送客时适可而止的“足不过门枢”，都是在极力避免使客人也使旁人对自己的言行产生误解。篇末的“齐姜”之论，也包含着对她道德节操的着重肯定。而她对自己的行为的自觉约束，正可看作是汉代家庭女性贞洁道德思想普及的表现。

而罗敷、胡姬，以及陈琳《饮马长城窟行》（《乐府诗集》卷第三十八　相和歌辞十三）中的内舍等女性，她们也都在各自的境遇中自觉维护着自己的贞操。当然也可看出，她们的贞操观，更多的是对于爱情本身的忠贞，如胡姬的“男儿爱后妇，女子重前夫”，内舍人的“结发行事君，慊慊心意关”。她们与卓文君“愿得一心人，白首不相离”（《白头吟》）的对于男性情感的期待相呼应，因而得到了礼法和舆论的认可、赞许。

在看重女性贞操的同时，汉代社会更为强调的是女性在家庭生活中的“孝道”。彭卫、杨振红在《中国风俗通史·秦汉卷》中记载：“汉代妇女最早不改嫁的个例是《列女传》卷四《贞顺传》‘陈寡孝妇’条所载陈地寡妇事，时当汉高祖至文帝时，但其守寡并非出于贞洁而是为尽孝婆婆，故文帝赐号‘孝妇’。”①《列女传》称赞这位陈地寡妇“专心养姑，一醮不改”。《感天动地窦娥冤》中提到的“东海孝妇”的故事也发生在汉代（见《汉书·于定国传》）。而《后汉书·列女传》中“孝女”的记载也远远多于“贞女”。在这种思想文化背景下，《焦仲卿妻》中仲卿休妻的言行也就变得可以理解了：“府吏默无声，再拜还入户。举言谓新妇，哽咽不能语。‘我自不驱卿，逼迫有阿母。卿但暂还家，吾今且报府。不久当归还，还必相迎取。以此下心意，慎勿违吾语。’”在阿母“槌床便大怒”之后，仲卿只能没有选择地接受母亲的决定。作为一个受儒家正统文化熏陶的下层官吏，他敢于“婉启”，继而“跪告”，并在不得已送兰芝还家的时候，和妻子约定“不久当还归，誓天不相负”，虽然实际上他也没有什么有效的办法使母亲改变主意，但他的决心，以及后文中以身殉情的举动，可以看出他已经是在最大限度地挑战“孝”的伦理要求了。同样身负孝道

① 彭卫、杨振红：《中国风俗通史·秦汉卷》，上海文艺出版社 2002 年版，第 349 页。

的兰芝，在向仲卿提出“便可白公姥，及时相遣归”的刚烈请求，也是在知晓自己不可能违背孝道去要求丈夫违抗婆母意愿的前提下，极力保全自己人格尊严的行为。魏乐府《秋胡行五解》中“纺绩织纴以供衣食，奉二亲养”的秋胡妻；陈琳《饮马长城窟行》中丈夫信中“善事新姑嫜”的叮咛；秦百里奚妻《琴歌二首》（《乐府诗集》卷第六十　琴曲歌辞四）中“百里奚，母已死，葬南溪”的孝行自述，也都是对女性尽孝的伦理要求的体现。明清戏剧中的《赵五娘千里寻夫》，其本事正是汉代的蔡邕故事。故事中赵五娘以贞孝著称，不仅代表了汉代女性的道德标准，也影响到了后世《铡美案》等剧目中的女性形象。

最后是对生育方面的要求。在汉代，对于女性的生育要求已经是衡量女性在家庭中价值的重要标准。早生贵子是巩固女性家庭地位的重要条件。如《城中之水向东流》中的莫愁，“十五嫁为卢家妇，十六生儿字阿侯”即是她得以优越生活的主要条件。而“无子”则成为了休妻的一条关键性理由。据《东观汉记·应顺传》记载：“荣年四十，无子，汤乃去荣妻，为更娶，生三子，荣甚重之。”由此推论，“共事二三年”而无子，可能也是焦母对兰芝缺乏好感的重要原因之一。在刘勋妻王氏《杂诗二首》（《玉台新咏》卷二）中，王宋正是一位因无子而遭到休弃的“去妇”。诗的序言云：“王宋者，平虏将军刘勋妻也，入门二十余年。后勋悦山阳司马氏女，以宋无子出之，还于道中，作诗二首。”但在诗歌中，王宋对于自己的丈夫却殊无埋怨：“谁言去妇薄，去妇情更重。千里不唾井，况乃昔所奉。”王宋不但认同了自己无子被出的命运，诗句行间更流露出对丈夫的歉疚。在建安乐府《弃妇诗一首》（《玉台新咏》卷二）中，弃妇更是明确的认识到：“丹华实不成。拊心长叹息，无子当归宁。有子月经天，无子若流星。天月相终始，流星没无精。”汉代女性“无子若流星”的命运像流星隐没一样自然而然，不可更改。因此在篇末，弃妇甚至真诚的祝福丈夫和后妻“晚获为良实，愿君且安宁”，希望自己的继任者能够为丈夫完成自己未尽的生子职责。乃是一位可怜可敬的伟大母亲的胸怀。

三　家庭生活给女性的命运带来的影响

西蒙·波伏娃在《第二性》中对于家庭生活与女性命运问题进行了

这样的论述："（女性）只能料理家务和照看孩子，保管她过去存下的东西。她的工作是没有变化的延续和抚育生命。她要使物种得以延续，保证日常生活的节奏和家庭的连续性，小心的把门锁好。"① 正因为如此，所以"（女性的）命运是内在的"。② 这种对近代之前女性命运的解读也适用于汉代中国社会。家庭生活中的境遇往往直接影响着女性的命运。

《双层九子漆奁》 汉

《陌上桑》中的罗敷，她最大的自信无疑来自自己"四十专城居"的夫君。而且可以推测，他们夫妇的家庭生活是和谐的，这种和谐美满的心态使得她能以"二十尚不足，十五颇有余"的柔弱少妇，在"五马立踟蹰"派头很大的使君面前殊无畏惧地保全自己。她明白自己的夫君，尽管不在场，却会承担起保护自己人身安全的职责。然而，在汉乐府诗歌中更多出现的是不和谐家庭生活中命运多蹇的女性。首先看家庭成员之间感情不和谐的女性。如因与婆婆感情不和，继而与兄长关系不睦而被逼自尽的兰芝；面对"有两意"的丈夫时升起"决绝"之心的卓文君；曹植《种葛篇》中遭到抛弃，只能"弃置委天命"的去妇。再如《河中之水向东流》中的莫愁，尽管她的家庭生活优裕："十五嫁为卢家妇，十六生儿字阿侯。卢家兰室桂为梁，中有郁金苏合香。头上金钗十

① ［法］西蒙·波伏娃：《第二性》，西苑出版社 2004 年版，第 183 页。
② 同上书，第 182 页。

二行，足下丝履五文章。珊瑚挂镜烂生光，平头奴子提履箱。”但在感情追求上，她却叹息自己“恨不嫁与东家王”，没有得到情之所钟的夫君，她的生活无论再华美，始终谈不上真正有价值。而且可以预见，一旦莫愁年老色衰，在感情基础薄弱的家庭中，她的命运将更加令人担忧。其次看经济生活没有保障的家庭生活中的女性。在经济生活不能得到保障的家庭中，女性的命运是负面的，甚至往往首当其冲。如《妇病行》中，从其夫在妻子过世后“从乞求与孤买饵”的举动，就可想见他们的家庭生活原来是十分困窘的，而已离世的病妇想必生前在家中过着最为俭省自苦的生活。最后是以宫廷为典型代表的畸形家庭往往导致对女性身心的最严重摧残。无论是戚夫人的“人彘之祸”，还是吕后、赵飞燕姐妹的嫉妒和恶毒，其本质都是在畸形的家庭生活中，女性的生命力量无法在有价值的生活中实现之后，女性对自我的毁灭。

四　女性在家庭生活中的冲突和相对制约

在家庭生活中，女性之间往往存在着复杂微妙的关系。既有女性对女性的统治，又有女性之间因各自与家庭中男性成员的利害关系不同而造成的相互制约、制衡。

在家庭生活中女性之间的统治与被统治，以婆媳关系为核心内容。婆婆对于媳妇的善恶评价乃至去留命运都拥有绝对的统治权。在《礼记·内则》中就有有关记载：“子甚宜其妻，母不悦，去之。”婆婆的统治权，可以体现在诸多方面。如《焦仲卿妻》中学界至今论争的焦母去妇问题。焦母休弃兰芝的原因，可以是经济方面的，如兰芝所言“三日断五匹，大人故嫌迟”；也可以是由于兰芝过于自作主张，威胁了焦母在家庭中的权威，如焦母所言：“此妇无礼节，举动自专由”；也可以是由于门第教养上的差别，如兰芝所言：“昔作女儿时，生小出野里。本自无教训，兼愧贵家子”，焦母所言：“汝是大家子，仕宦於台阁。慎勿为妇死，贵贱情何薄”。无论从经济角度、家庭权力角度还是精神取向角度，焦母对兰芝都拥有着绝对的统治权。家庭中女性之间的这种统治与被统治关系，已经超越了道德伦理规则的界限，而成为了社会学意义上的权力统治。这种权力统治在古代社会曾造成过无数婚姻悲剧。如陆游与唐琬，陆词言：“东风恶，欢情薄”（《钗头凤·红酥手，黄滕酒》）；唐词言：“世情薄，人情恶”（《钗头凤·世情薄，人情恶》），均直抨陆母权威之苦恶。

除了婆媳间的统治关系之外，妻妾间的统治也是家庭中十分常见的女性间不平等关系。《盐铁论·散不足》中记载了汉代封建贵族的妻妾数目：“诸侯百数，卿大夫十数，中者侍御，富者盈室。”众多妻妾生活在一个家庭之中，她们之间必然存在着地位的高低之别。在汉代，妾的地位很低，汉律规定不准“乱妻妾位”，汉哀帝元寿二年，孔乡侯傅晏“坐乱妻妾位免，徙合浦”（见《汉书·恩泽侯表》）。因此，妻对妾往往能行使仅次于夫权的统治权力。如《戚夫人》歌中的吕后之于戚夫人。

还值得注意的是，在母女之间，往往也存在着垂直的权力关系。如《九朝律考》中记载的董仲舒在一场案决中表达的尊卑观：

> 甲夫乙将船，会海风盛，船没溺流死亡，不得葬。四月，甲母丙即嫁甲，欲皆何论？或曰：甲夫死未葬，法无许嫁，以私为人妻，当弃市。议曰：臣愚以为，《春秋》之义，言夫人归于齐，言夫死无男，有更嫁之道也。妇人无专制擅恣之行，听从为顺，嫁之者归也，甲又尊者所嫁，无淫行之心，非私为人妻也。明于决事，皆无罪名，不当坐。（见《太平御览》卷六百四十）

由此可见，《焦仲卿妻》中的刘母，虽然也考虑了女儿“女子先有誓”的意愿，但从兰芝对仲卿所言“我有亲父母，逼迫兼弟兄。以我应他人，君还何所望”之中，可见母亲的逼迫虽不如兄长粗暴，但仍然是兰芝所无法抗拒的。

在家庭中的女性之间，由于与家中男性的利害关系各异，处在不同地位的女性之间也会形成复杂的相互制约关系。尽管汉代推崇孝道，但并不意味着在婆媳之间的矛盾冲突中媳妇完全没有自己的优势。婆媳之间持久制衡的矛盾冲突更是自古有之。《庄子·外物》中就指出：“室无空虚，则妇姑勃豯。”媳妇敢于与婆母抗争，大抵是由于在感情因素上自己多少掌握着丈夫的好恶。在《焦仲卿妻》中，兰芝正是由于深得仲卿之爱，从而获得了与焦母抗衡的力量。虽然她不能违背焦母的意愿留在焦家，但是与仲卿却可以发出“君当作磐石，妾当作蒲苇。蒲苇纫如丝，磐石无转移”这种明显违背焦母意愿的誓言。仲卿因为与兰芝之情，终于“自挂东南枝”，兰芝终于赢得了夫妻爱情的纯洁，甚至赢得了仲卿的生命，将最终的失败留给了失去儿子的焦母。在“两家求合葬”中，“求”者必是焦母无疑。在天人永隔，泪尽泣血的惨痛里，这对婆媳在各自的能力范围内达到了彼此的制衡。

从《相逢行》中关于“大妇织绮罗，中妇织流黄。小妇无所为，挟瑟上高堂。丈人且安坐，调丝方未央”的描写中，似可看出小妇最受“侍郎”宠爱而对大妇、中妇造成的精神制约。

汉乐府诗歌由于其浓郁的现实主义风格，在其作品群中还为后人留下了在特定的时空，女性在家庭中傲视男权的一缕阳光。如《艳歌行》中妇人的自作主张，等等。

第 二 章

汉乐府女性题材的教育价值

•长跪读素书，书中竟何如

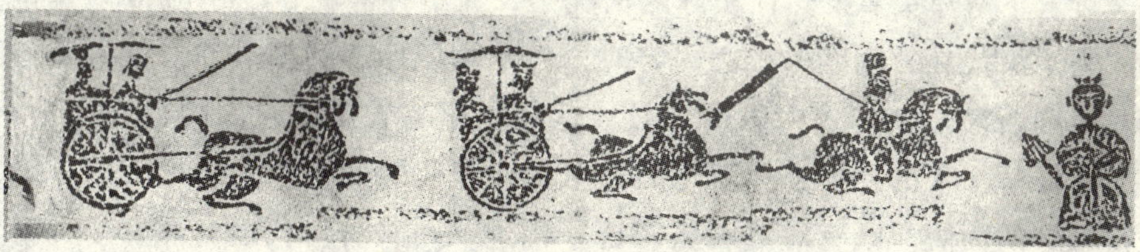

《车骑出行》河南唐河县电厂汉墓

教育价值是实现文学作品教化作用，审美感召力、影响力的体现；是文学接受论中的重要环节。在汉乐府女性题材作品中，诗歌的教育价值主要体现在对女性权利、人格的维护及其典型形象的塑造和思想文化观念的倡导两个方面。

第一节　女性权利、人格的维护及其典型形象的塑造

作为反映人在特定时空环境中生活遭际及其思想情操的文学作品，汉乐府女性题材作品，在描写汉代女性生活时，本身就带有作品创作者的思想倾向。而文学创作者在一定思想认识、感情倾向和价值判断引领下进行创作，其作品所赞美、所批判、所叙述甚至所歪曲的情节、故事和思想感情，无疑都要作用于作品接受者，以实现文学的社会功能。因此，汉乐府女性题材作品作为富有时代魅力的文学作品，无疑对于那个

时代以及后世都给予了它应有的影响，发挥了其特定的社会作用。

汉初，由于安定社会的需要，黄老无为思想为统治者所提倡。时至武帝时期，为了巩固中央集权，董仲舒《天人三策》所提出的“罢黜百家，独尊儒术”的思想被确定为社会的统治理论。董仲舒的思想体系总结了先秦儒家的伦理哲学理论，提出了以《易经》阴阳学为基础的天道观。认为：“天道之大者在阴阳，阳为德，阴为刑。”由此，他进一步推论出了包括君臣、夫妻、父子三方面的“王道之三纲”，并提出了“五伦”道德规范。以“贵阳而贱阴”为理论根据，认为在人伦关系中，君为主、臣为从；父为主，子为从；夫为主，妻为从。把君权、父权、夫权神圣化。同时要求以仁、义、礼、智、信五常之道处理君臣、父子、夫妻上下尊卑关系。然而实际的情况是，在董仲舒的“三纲五常”理论成为了汉代礼教制度的核心内容时，由于意识形态的相对独立性，黄老之术和西汉末年传入中国的佛教，也同样影响着汉时人们的社会生活。在这样一个大的社会思想观念的背景下，汉代的妇女生活便呈现出了丰富多彩的面貌。既有对“三从四德”的遵从，又有对任运自然，个性解放的追求。

这种情形反映在汉乐府诗歌创作中，无论民间咏者还是文人作家，都塑造了一系列个性鲜明引领时代生活进步的女性形象。这些形象所蕴含的思想观念、价值取向，不仅对时下，而且对后世社会生活都给予了积极而深远的影响。

一　对女性人格尊严和情感自由的肯定和嘉许

《羽林郎》虽然描写的是西汉故事，却成诗于东汉，清人朱乾《乐府正义》云：“此诗疑为窦景而作，盖托往事以讽今也。”作者辛延年为东汉时人，生平无可考，且传诗仅《羽林郎》一首。与他同时代的作家包括王符、荀悦、马融等人。在东汉，知识分子的思想脱出“经学”之桎梏，开始了颇有“文艺复兴”意味的对于人的存在和人的自我价值的普遍反思和普遍追问的文化思潮。《羽林郎》在这一思想文化背景下追述西汉故事，其中更多地表现出了对于在强弱不公的社会里女性遭受欺凌的愤慨；以及对于女性自觉维护人格尊严和人生选择权利的赞美和支持。正因为处在东汉思想解放的潮流中观照，胡姬的社会性人格在诗中被提高到了可能并不符合西汉社会生活实际的高度，对于女性，乃至对于人类普遍的社会性尊严在社会生活中被压抑、被忽略乃至被暴力摧毁的故事的反映成为了探讨男女礼法规则之外，《羽林郎》诗歌的另一潜在主题。既是呼唤对于普遍存在的社会性的人的尊严、人的人格、人的情感选择的尊重和关怀，进而向社会传达朦胧的人文主义的思想理念，以影响正在发生的社会生活。正因为有了这样的创作自觉，《羽林郎》以及汉乐府诗歌中其他的优秀篇章才被列入了我们民族珍贵的文化精神遗产。

二　对正常性爱生活的呼唤和嘉许

在道德评价层面，由于性爱在汉代被认为是人的一种“爱而喜之”（马王堆医书《十问》）的正常生理和心理需求。在《天下至道谈》中更认为：“句（苟）能持久，女乃大喜，亲之兄弟，爱之父母。”将女性获得性爱的快乐与促进家庭和睦幸福联系在了一起。因此汉乐府诗歌便对两情相悦的爱情及性爱生活进行了广泛的反映。如在张衡《同声歌》中就以激赏的口吻对女性性爱前的装饰行为有详尽的描写：“衣解巾粉御，列图陈枕张。素女为我师，仪态盈万方。”性爱之前沐浴梳妆，展示女性魅力，向“素女”学习房中之术，在汉代人看来是正常正当的事情。对女性能够坦然地抒发自己对于性爱的享受和渴求也表示嘉许：“乐莫斯夜乐，没齿焉可忘。”（《同声歌》）甚至在古诗十九首《青青河畔草》中对于“昔为倡家女，今为荡子妇”的妇女正常性爱生活要求也给予了诗意美好的肯定和鼓励：

青青河畔草，郁郁园中柳。盈盈楼上女，皎皎当窗牖。娥娥红粉妆，纤纤出素手。昔为倡家女，今为荡子妇。荡子行不归，空床难独守。

诗歌通过倚窗当轩，红妆华服，形象艳丽而女性色彩浓郁的“娥娥红粉妆，纤纤出素手”的描写，首先对于女主人公的女性美予以赞美。

接着对她在绣楼上望见园中垂柳、春色燃起的人的本能情思加以积极的认可。但远行的“荡子”却还不见音信。诗中又对她“荡子行不归，空床难独守”的失落感叹给予强烈的同情。在诗人看来尽管“昔为倡家女”，但今已为荡子妇，却要过独守空房的清冷日子，实在是苦不堪言的，其感叹亦是十分正常的。言下之意，这位“盈盈”、“皎皎”、“娥娥”、“纤纤”妩媚的女性理所当然的拥有追求正常夫妻生活的人生权利。因而女主人公并不回避曾为娼妓的身份，因而女主人公也应当过上正常人的生活。诗歌通过女主人公的直率之言，想要倡达的是相似于南北朝艳情诗《碧玉歌》中“感郎不羞难，回身就郎抱”的健康的性爱心理。

《舞乐》许阿瞿墓志画像石　河南南阳市李相公庄汉墓

三　对“健妇”的歌颂

如果说《陇西行》中“健妇持门户，一胜一丈夫”是汉乐府诗歌在女性题材上所表现的理想主义的话，那么，《秦女休行》和《河激歌》两篇就是女性英雄主义的赞歌。魏人左延年诗《秦女休行》（《乐府诗集》卷第六十一　杂曲歌辞一），《乐府题解》云：“左延年辞，大略言女休为燕王妇，为宗报仇，杀人都市，虽被囚系，终以赦宥，得宽刑戮也。晋傅玄云‘庞氏有烈妇’，亦言杀人报怨，以烈义称，与古辞义同而事异。”这个本事在史料上并无出现，但却有相似女性行为的记载。如

《艺文类聚》卷三十三，人部十七："缑氏女玉，为父报雠，杀夫氏之党，吏执玉，以告外黄令梁配，欲论杀玉。蟠时年十五，为诸生，进谏曰：'玉之节义，足以感无耻之孙，激忍辱之子。不遭明时，尚当表旌庐墓，况在清听，而不加哀矜！'配善其言，乃为谳得减死论。"这一历史记载与赵简子夫人《河激歌》（《乐府诗集》卷第八十三　杂歌谣辞一）的故事相类同。据《列女传》云："女娟者，赵河津吏之女也。简子南击楚，津吏醉卧，不能渡简子。简子怒，召欲杀之。娟惧，持楫走前曰：'愿以微躯易父之死。'简子遂释不诛。将渡，用楫者少一人。娟攘拳操楫而请，简子遂与渡，中流，为简子发《河激之歌》。简子归，纳为夫人。"

始出上西门，遥望秦氏庐。秦氏有好女，自名为女休。休年十四五，为宗行报仇。左执白杨刃，右据宛鲁矛。仇家便东南，仆僵秦女休。女休西上山，上山四五里。关吏呵问女休，女休前置辞："平生为燕王妇，於今为诏狱囚。平生衣参差，当今无领襦。明知杀人当死，兄言怏怏，弟言无道忧。女休坚辞为宗报仇，死不疑。"杀人都市中，徼我都巷西。丞卿罗东向坐，女休凄凄曳梏前。两徒夹我，持刀刀五尺余。刀未下，朣胧击鼓赦书下。（《秦女休行》）

升彼阿兮而观清，水扬波兮杳冥冥。祷求福兮醉不醒，诛将加兮妾心惊。罚既释兮渎乃清。妾持楫兮操其维，蛟龙助兮主将归，浮来棹兮行勿疑。（《河激歌》）

根据历史事实或者是依据民间传说创作的《秦女休行》、《河激歌》中的两位女主人公，前者"坚辞为宗报仇"；后者"愿以微躯易父之死"，同样是在危难时刻甘愿舍弃生命，承担起了原本属于男性应该承担的家庭责任和道德责任。"党之直者异于是。父为子隐，子为父隐，直在其中矣。"（《论语·子路》）她们的行为不仅实现了女性人格中儒家之伦理宗法人格，具备了浓郁的儒家忠义之美，悲壮之美，而且因其在符合儒家精神的前提下超越了女性本职，又特别凸显了其人格的崇高和勇健。由于这种行为达到了儒家人格观念对于男性的忠义之期许，因此以人格不完整的汉代妇女为之，则其人格的高贵也就深深折服了同时代的男性。

班固在《咏史》中就赞叹道：

> 三王德弥薄，惟后用肉刑。太苍令有罪，就遞长安城。自恨身无子，困急独茕茕。小女痛父言，死者不可生。上书诣阙，思古歌鸡鸣。忧心摧折裂，晨风扬激声。圣汉孝文帝，恻然感至情。百男何愦愦，不如一缇萦。

在女休、女娟两位女性的勇健举动当中，除了体现社会学意义上的儒家女性人格美之外，还有基于女性性别特质的，女性人格中本有的，超越具体时空的女性崇高美。与以《浮士德》中“跟随永恒女性，我等向上，向上”[①]为典型的西方女性崇高美相类似。其中对于极致的女性人格精神的崇拜，正可用《李延年歌》作解：“北方有佳人，绝世而独立。一顾倾人城，再顾倾人国。宁不知倾城与倾国，佳人难再得。”倾国倾城的不特是佳人姿容，对于女性崇高人格精神的膜拜，当为这首诗歌的精神实质。其中颇有“永恒女性”之意味。

四　对男女平等、女性独立的深情呼唤

“蛱蝶之遨游东园，奈何卒逢三月养子燕，接我苜蓿间。持之，我入紫深宫中，行缠之，傅欂栌间。雀来燕，燕子见衔哺来，摇头鼓翼，何轩奴轩。”（《蛱蝶行》：《乐府诗集》卷第六十一　杂曲歌辞一）这首诗借蝴蝶自叙如何被燕子捉去喂乳燕的遭遇，寓意女子如同蝴蝶被劫入深宫，如同任凭“三月养子燕”的摆布一样，为了满足帝王的声色需要而葬送一生。类同于《柳氏传》中李生的慷慨赠妾：“柳夫人容色非常，韩秀才文章特异。欲以柳荐枕于韩君，可乎？”虽然两者情境有别，但男性完全无视女性的基本人格权力，将女性视为器物，全然为己所用的价值取向却并无二致。这种人格独立性的彻底丧失无疑为众多的古代女性痛心疾首。在《蛱蝶行》中，女主人公通过“奈何卒逢”、“何轩奴轩”的感叹，充分抒发了人格之被剥夺造成的痛苦。尽管女性出于维护自身

① ［德］歌德：《浮士德》，北京燕山出版社2000年版，第580页。

人格所发的哀音并不能立刻改变女性的命运。但自秦汉时起，绵绵不绝的女性对于自身人格尊严之维护的诗篇，却正是推动古代社会女性自身觉醒与解放的文化脉络。从《诗经·七月》中的“女心伤悲，殆及公子同归”，到深谙“殊类非所安，虽贵非所荣”（绿珠《明珠》）最后“香坠燕子楼”（曹雪芹《唐多令》）的绿珠，再到“纵使君来岂堪折”的章台柳，“徵痛黄泉，皆君所致”（《霍小玉传》）的霍小玉，直至“愿奴胁下生双翼，随花飞到天尽头”（《红楼梦·葬花吟》）的林黛玉。女性对于人格尊严的不曾止歇的呼唤，终是造就了20世纪中国女性重生的重器。

当然，从影响女性命运的角度看，汉代乐府中女性对于独立人格缺失的咏叹也往往具有其具体时空上的局限性。如对比《白头吟二首五解》中的卓文君与19世纪挪威剧作家易卜生《玩偶之家》中的娜拉。两位女主人公在婚姻中遇到了相似的困境，即发现了丈夫对于自己的爱并非自己心目中那般纯洁完美。两位女性在此时展现出了十分相似的精神选择。尽管在追求爱情时，司马相如也曾作《凤求凰》歌，深情许诺“凤兮凤兮从我栖，得托孳尾永为妃。交情通体心和谐，中夜相从知者谁”。但当两人进入暮年后，相如却“将聘茂陵人女为妾”（《西京杂记》）。于是文君作《白头吟》明誓，厉言“闻君有两意，故来相决绝”。在《玩偶之家》中，海尔茂在生活风平浪静之时对娜拉表白：

> （搂着她）亲爱的宝贝！我总是觉得把你搂得不够紧。娜拉，你知道不知道，我常常盼望有桩事情感动你，好让我拚着命，牺牲一切去救你。[1]

然而一旦得知拉娜犯罪之后（正是为了解救海尔茂），海尔茂却勃然大怒，骂娜拉是“坏东西”、“罪犯”、“下贱女人”，说自己的前程全被娜拉毁了。娜拉由此看清了丈夫的真实面目，决定离开这个玩偶之家：

> 其实你的话没说错。我不配教育孩子。要想教育孩子，先得教

① ［挪］易卜生：《玩偶之家》，人民文学出版社2006年版，第81页。

育我自己。你没资格帮我的忙。我一定得自己干。所以现在我要离开你。[1]

在故事的结尾，司马相如因为《白头吟》而“乃止”，停止了移情别恋的行为，继续和卓文君生活；娜拉却愤然出走，从令自己寒心的家庭中走了出去。然而鲁迅先生在《娜拉走后怎样》一文中指出：“从事理上推想起来，娜拉或者其实也只有两条路：不是堕落，就是回来。”[2]鲁迅先生一语道出了问题的症结所在。即在女性并未获得完整社会性人格的时代里，女性对于独立人格的追求往往不得不碰壁。与之相似的，在《西京杂记》里一句“于是相如乃止”轻松带过的《白头吟》故事实际上也存在着巨大的隐患：如若司马相如不为《白头吟》所动，坚持纳妾呢？那样的话，文君果真也要如娜拉般离家出走吗？19世纪资本主义社会的娜拉出走后尚且不能自立，远在汉代中国的卓文君，一旦离开了司马相如，除了回到娘家重新作为女儿，又能有什么更好的选择呢？因此《西京杂记》的记载，正是面对矛盾避其重而就其轻的处理办法。《白头吟》中的“愿得一心人，白首不相离”，因其本身就不是建立在人格的对等高度上的，其中的命运性诉求也就显得越发悲凉。在此比照当代女诗人舒婷的《致橡树》：

……我们分担寒潮、风雷、霹雳；我们共享雾霭、流岚、虹霓，仿佛永远分离，却又终身相依，这才是伟大的爱情，坚贞就在这里：不仅爱你伟岸的身躯，也爱你坚持的位置，脚下的土地。[3]

由此可以想见，尽管汉时妇女的追求和实际生活都有着很大的时代局限性，然而历史的辩证法却在告诉人们，正是由于卓文君们对于爱情中人格对等的追寻，才终于在当代，女性改变了自身命运，唱出了平等、自由、人格健全的恋爱之歌。

---

① ［挪］易卜生：《玩偶之家》，人民文学出版社2006年版，第86页。

② 《鲁迅全集》第一卷《坟·娜拉走后怎样》，人民文学出版社1956年版，第269页。

③ 《中华诗歌百年精华》，人民文学出版社2002年版，第489页。

五　礼赞真情尊重女性命运的英雄

在叙述男女之情的汉乐府作品中，也有对于女性人格给予了密切关怀的。虽然从深层次来看，这样的诗作中女性人物仍然因为社会给予的机会有限而不能获得完整人格，但诗歌作者对于女性人格的自觉关怀却是温暖人心的人性之理性反映。这类诗歌首推千古传诵的楚人项羽的《力拔山操》（《乐府诗集》卷第五十八 琴曲歌辞二）：

> 力拔山兮气盖世，时不利兮骓不逝。骓不逝兮可奈何，虞兮虞兮奈若何。

此歌尽管是项羽个人心声的表白，但能千古传诵，我们又当将其看作是汉乐府诗歌创作者对于真情尊重女性命运的英雄的礼赞。

据《汉书》记载："项羽壁垓下，军少食尽，汉帅诸侯兵围之数重。夜闻汉军四面皆楚歌，惊曰：'汉已得楚乎，何楚人多也。'起饮帐中，有美人姓虞氏，常从，骏马名骓，常骑。乃悲歌慷慨，自为歌诗。歌数曲，美人和之。羽泣下数行，遂上马，溃围南出。平明，汉军乃觉。"

项羽虞姬的故事已经成为了民间传说中最凄婉爱情的一个典型。其中楚王项羽磊落康健的人格精神无疑使得项、虞两人原本性质不清的情爱关系从本质上焕发出了相互尊重、相互理解的理性光芒。《力拔山操》所展现的，正是项羽在英雄末路之时对于伴侣的真心眷爱和担忧。诗的前两句自撰墓志，满含"历史的必然要求和这个要求实际上不可能实现之间的冲突"[①] 的悲剧精神。在这种悲剧精神的观照下，面对死亡时对于爱人的不能忘怀和深切忧虑，无疑是如刘邦的无赖人格所不能设想的："汉王道逢得孝惠、鲁元，乃载行。楚骑追汉王，汉王急，推堕孝惠、鲁元车下，滕公常下收载之。如是者三"（《史记·项羽本纪》）。项羽此时忧虑的核心，正在于一旦虞姬落入刘邦之手，未免遭其荼毒，成为了另一位戚夫人。而此时虞姬的态度又是怎样的呢？据《楚汉春秋》中记

① 《马克思恩格斯选集》第四卷《致斐拉萨尔》，人民出版社 1972 年版，第 378 页。

载，虞姬此时歌曰《和项羽歌》："汉兵已掠地，四方楚歌声。大王意气尽，贱妾何聊生。"其后自刎而亡。这其中的悲壮慷慨，气度沉着，又岂是钩心斗角的刘邦及其妻妾们所能体味的。"厚黑"的刘邦与其同样"厚黑"的吕氏坐了天下，入了正史，人们不以为怪，有人却反而讥笑项羽的妇人之仁，难成大事，唯易安独出机杼：

生当作人杰，死亦为鬼雄。至今思项羽，不肯过江东。

敏锐如女诗人李清照的心灵，远远超出了成王败寇的历史评价准则。在她的心灵里项羽对于女性生命、对于自身高洁人格的"不肯过江东"的维护，对于健美人生的渴求，以及虞姬对英雄的追随，才是值得歌颂的。

第二节　汉乐府女性题材所倡导的思想文化观念分析

在汉代，除了在疆域、军事和物质文明上为中华千载基业打下了坚实基础之外，在意识形态领域，儒家、法家、道家以及阴阳家的思想在汉代被进行了全面整合，形成了汉代兼容并包，弘放大气的综合性思想体系。这样的思想哲学体系，给知识阶层观察社会、拷问人生、追求真善美提供了多向度的思想可能和思想线索。司马迁在《报任安书》中所谓"欲以究天人之际，通古今之变，成一家之言"。便是汉代文人普遍具有的朝气蓬勃的进取精神，强烈的建功立业的愿望的集中体现。因此，汉代文学的核心精神就是文学创作者积极入世的事功精神。士人关心政治、关心世事、关心经学等社会思想建设，朝着思想家、文学家的方向发展自己的人生。于是，立德、立功、立言的儒家理想追求始终是汉代文人思想的主流。汉代文学传达着强烈的积极入世、昂扬奋发的英雄气概。在史传文学领域，出现了《史记》、《汉书》；在赋体文学领域，则有司马相如《子虚赋》、《上林赋》，扬雄《甘泉赋》、《羽猎赋》，班固《两都赋》，张衡《二京赋》等传世之作。同样的，通过研究，人们可以看到，在汉代诗歌领域，也强烈地渗透着积极入世的时代精神，其中对于社会生活的积极思考和深度描摹，对于社会思想文化的着力构建和全景展现，都将汉代文学的事功精神展现得淋漓尽致。

一　深情质直、委婉动人的生命颂歌

有汉一代，面对着统一的强大的封建大帝国，诗歌亦出现了对于及时行乐、享受人生、乐观行世的思想感情的咏叹和高歌。如《西门行》（《乐府诗集》卷第三十七　相和歌辞二）之“今日不作乐，当待何时”。叶嘉莹在《迦陵论诗丛稿》中评论道：“在人生短暂的压力下，及时行乐的宣言与其说是世俗生活的享乐，莫如说是急于把握生命的焦灼。”[①] 又如《驱车上东门》之“人生忽如寄，寿无金石固。万岁更相送，圣贤莫能度。服食求神仙，多为药所误。不如饮美酒，被服纨与素”；再如《生年不满百》之“生年不满百，常怀千岁忧。昼短苦夜长，何不秉烛游？为乐当及时，何能待来兹”等，均为此例。汉代诗歌这种恢宏张扬的气度和个性在女性题材作品中则表现为对于爱的深度理解和热烈追求。不仅有男女之爱，更有生命之爱、审美之爱。如《上邪》、《焦仲卿妻》、《上山采蘼芜》、《有所思》、《白头吟》等篇极写对纯真爱情的向往。而《善哉行六解》（《乐府诗集》卷第三十六　相和歌辞十一）中之“欢日尚少，戚日苦多。以何忘忧，弹筝酒歌”；《八公操》（《乐府诗集》卷第五十八　琴曲歌辞二）中之“超腾青云，蹈梁甫兮。观见瑶光，过北斗兮。驰乘风云，使玉女兮”等，又于人生苦乐的体味中传达出对生命逍遥的渴慕。又如《东飞伯劳歌》中之“女儿年几十五六，窈窕无双颜如玉。三春已暮花从风，空留可怜谁与同”；《董娇娆》中之“高秋八九月，白露变为霜。终年会飘堕，安得久馨香。秋时自零落，春月复芬芳。何时盛年去，欢爱永相忘”等，则表达了少女对于青春的眷恋与期望。

在《古诗十九首》中，有《回车驾言迈》：“回车驾言迈，悠悠涉长道。四顾何茫茫，东风摇百草。所遇无故物，焉得不速老”；有《西北

① 叶嘉莹：《迦陵论诗丛稿》，河北教育出版社 1998 年版，第 42 页。

有高楼》之："一弹再三叹，慷慨有余哀。不惜歌者苦，但伤知音稀。愿为双鸿鹄，奋翅起高飞"；更有《明月皎夜光》中："昔我同门友，高举振六翮。不念携手好，弃我如遗迹"。这些或伤感、或叹息、或谴责的诗歌之命题，其核心都是对生命中"爱"的歌颂和咏叹。

二　忠孝仁义的人生理想

在汉乐府女性题材作品中反映的女性人生理想，大多是在儒家思想的影响与教化之下体现忠孝仁义观念的人生理想和行为规范。

关于仁义的观念前文引用的诸多诗篇中都多有蕴含，兹不赘述。这里要着重分析的是忠孝观念。研究汉乐府女性题材诗作，我们会发现作品对女性的"忠孝"观念同样非常重视。如《焦仲卿妻》中兰芝尽管无辜被休，却仍然自谢"受母钱帛多，不堪母驱使。今日还家去，念母劳家里"，并未流露出对焦母丝毫的不敬；《戚夫人》歌中戚夫人感叹"子为王，母为虏"，也正是出于她认为儿子（女儿）理当尽孝母亲的儒家伦理观念，才会对母子时下境遇悬殊的状况格外伤怀；百里奚妻《琴歌三首》中自言"母已死，葬南溪。坟以瓦，覆以柴"，也是用自己代丈夫尽孝的行为来表达自己作为妻子的尽职和怨屈；而赵简子夫人《河激歌》中的女娟更是缇萦式的，儒家忠烈之孝的典范。

三　温柔敦厚的美学理想

汉乐府诗作中的女性形象，还深切地传达出了儒家温柔敦厚的美学理想。在汉代女性的生活中，遭逢各种不如意以致伤害乃是不可避免的。当生活中遇到了打击时，大多数女性都表现得隐忍而坚强。如《有所思》中少女言："妃呼狶，秋风肃肃晨风飔，东方须臾高知之"，正表明即使在极度的痛苦中，她也明白自己需要控制住感情，因为她还需要顾及家庭其他成员的感受和心情；又如《妇病行》中病妇临终之言："属累君两三孤子，莫我儿饥且寒！有过慎莫笪笞：行当折摇，思复念之"，依然谦卑温柔，不舍幼子的同时流露出对丈夫深切的歉疚和牵挂；又如《行行重行行》之："弃捐勿复道，努力加餐饭"的宽容；秦嘉妻徐淑

《京师节女》山东嘉祥县武梁祠东壁画像石

《答诗一首》中：“沈滞兮家门，历时兮不差。旷废兮侍觐，情敬兮有违”的自责；以至于曹植《蒲生行浮萍篇》（《乐府诗集》卷第三十五相和歌辞十）中“行云有返期，君恩傥中还”的期冀；《弃妇诗一首》中“晚获为良实，愿君且安宁”的祈祝，无一不是温柔敦厚之诗教对于汉代女性性情的熏陶和引导。

四　宏阔的宇宙意识的建立

在汉乐府中，亦有女性自觉进行诸如人生与宇宙等哲学命题的思考。

洛阳城东路，桃李生路傍……请谢彼姝子，何为见损伤。高秋八九月，白露变为霜。终年会飘堕，安得久馨香。秋时自零落，春月复芬芳。何时盛年去，欢爱永相忘。（《董娇娆》）

诗中揭示了时光流逝和风物流转的客观事实，流露了华年苦短和主观上无可奈何的感伤。通过花卉盛衰有时而人生青春难回的对比，将少女的惜春之思和花草枯荣、欢爱易逝，引申为对于人生、对于时空、瞬间与永恒、美与丑、欢乐与别离等一系列的哲学命题。道家思想体系中拷问生死的思想情结在此闪烁。《董娇娆》诗中的道家情绪甚至成为了道家思想在文学作品中传承的一道源流。唐人刘希夷创作的拟古乐府诗《代悲白头翁》前半阕即是对《董娇娆》的化用：

> 洛阳城东桃李花，飞来飞去落谁家？洛阳女儿惜颜色，行逢落花长叹息。今年落花颜色改，明年花开复谁在？已见松柏摧为薪，更闻桑田变成海。古人无复洛城东，今人还对落花风。年年岁岁花相似，岁岁年年人不同。

诗中所表达的人生无常、青春短促的思想情绪，在张若虚《春江花月夜》中再次升华：

> 江天一色无纤尘，皎皎空中孤月轮。江畔何人初见月？江月何年初照人？人生代代无穷已，江月年年只相似。不知江月待何人，但见长江送流水。

宏阔的宇宙人生运动意识在此达到了哲思玄想的极致，成为了融合儒、道、释诸家思想的诗性、诗情、诗意，而此情思至《红楼梦》时代意犹未尽：

> 说什么脂正浓，粉正香，如何两鬓又成霜？（《好了歌》）

五　情法之论辨

在《秦女休行》和《河激歌》篇中，两位女主人公为了替亲人伸冤报仇，解除危难，不惜触犯刑律。前者“坚辞为宗报仇”；后者“愿以微躯易父之死”，虽然动机值得同情，但毕竟是触犯了刑律的行为（前者欲杀人，后者已有犯上作乱之嫌疑）。然而她们两人在诗中却分别得到了“刀未下，瞳胧击鼓赦书下”和“简子归，纳为夫人”的法外施恩的好结局。联系汉代著名的缇萦救父故事，缇萦的上书请求得到帝王理解垂爱的事实，不难发现，这些女性事件中所体现出的，正是汉代儒家与法家思想观念的相互融合。从班固《咏史》中“圣汉孝文帝，恻然感至情”的评论中更可看出，在汉代，儒家观念中的道德善恶，最终比严苛的刑律更为有力，更为权威。而在汉律中，更有犯人“自告”、“自出”，可以免除其罪的条目。在法与德之间，儒家的“德”始终是第一位的。董仲舒在《春秋决狱》中就有过“原心定罪”、“奸以事君，常刑不舍”的论述。由此看来，《秦女休行》和《河激歌》已使汉乐府诗歌呈现出了情法论辩的思想特点。

六　对女性情感的精湛艺术概括和诗意表达

汉乐府中的文人诗作，其艺术美感往往高于民间歌谣。究其原因，乃在于知识分子在进行诗歌创作时，经常能够自觉地对所反映的生活现象进行深化其美感，强化其感染力的审美再创造。这样产生的诗歌，则犹能富含有汉一代的审美风尚和文化品位。这类汉乐府诗作，当以东汉文人五言诗《古诗十九首》中的女性题材诗作为典型代表。

胡马依北风，越鸟巢南枝……浮云蔽白日，游子不顾返。（《行行重行行》）

青青河畔草，郁郁园中柳。（《青青河畔草》）

愿为双鸿鹄，奋翅起高飞。（《西北有高楼》）

涉江采芙蓉，兰泽多芳草。采之欲遗谁，所思在远道。（《涉江采芙蓉》）

南箕北有斗，牵牛不负轭。良无磐石固，虚名复何益？（《明月皎夜光》）

馨香盈怀袖，路远莫致之。此物何足贵，但感别经时。（《庭中有奇树》）

通过高洁淡远的意象，女性的情感在此就被提纯成为了悠远纯净、诗意舒缓的形而上的美学情感。同时女性情感固有的美感和真实性、细腻性也被很好地保留了下来。在审美再创造的过程中，这些原本来自生活中的质朴缠绵的“入世”之情思就拥有了超越具体时空、具体情绪的“出世”意味和高妙况味。比较《上邪》、《有所思》、《南山一树桂》等民间歌谣与《古诗十九首》，前者为直感的生活记录，后者为意蕴不尽的“五言之冠冕”（刘勰《文心雕龙》）。一部中国文化史表明，汉代文人诗作对于女性题材的开掘和创造对于时下以及后世文学和社会风尚、文化品位，都产生了深远的积极影响。

七　对女性悲惨生活状况原因的深度探寻

在曹植诗作《泰山梁甫行》（《乐府诗集》卷第四十一 相和歌辞十六）中，作家对女性悲惨生活状况的原因进行了深入的思考和揭示。这里所表现的思想深度和人文关怀在汉乐府诗歌中是不多见的。

> 八方各异气，千里殊风雨。剧哉边海民，寄身於草野，妻子象禽兽，行止依林阻。柴门何萧条，狐兔翔我宇。

“梁甫”，泰山旁边的小山名，统治者常去祭祀之地。《泰山梁甫行》是汉乐府曲调名，曹植按旧题写作新辞。诗作反映了汉末以来军阀混战给劳动人民带来的痛苦，反映了边海农村的残破荒凉景象。诗人看到边地的人民寄居在荒芜的野草之间，妻儿衣衫褴褛，甚至不成人形。很多家庭因为人口凋敝，废弃的屋子里野兽聚居。对战争给人民带来的生活苦难给予深切同情。

诗中特别提到“妻子象禽兽”。当理解为诗人对妇女生活的特别关注。军阀混战，追名夺利。广大妇女何罪之有，却备受摧残。诗人的这一思想高度，在以国家天下为己任的同时，似有寻求女性独立解放的思想元素和萌芽。这既是曹植这位才情并茂的诗人个人情怀的显露，亦是建安时代思想活跃寻求精神突破的反映。鲁迅先生在《汉文学史纲要》中就曾经指出：“建安是文学的自觉时代，从这个时候起，人们开始认识到文学有它自身的价值和独立的地位。”①

八　汉代女作家的贡献

班昭在《女诫》中就曾经指出：“妇德不必才明绝异。”作为汉代女性生活行为规范的《女诫》的这一判断，既是宋明“女子无才便是德”的最初依据，更当是汉代禁锢女性才华的绳索。然而历史总是辩证地发展的，在汉代就有奋起反驳和超越的女性。王昭君、蔡文姬、卓文君、班婕妤在那个时代就以其才干和诗作开了妇女进行文化建设的风气之先。她们的反叛精神和美妙诗篇无疑对那个时代以及后世的教化是有着特殊贡献的。

王昭君，名嫱，南郡秭归（今湖北省秭归）人。自小“娥眉绝世不可寻，能使花羞在上林”（宋·曾巩《明妃曲二首》），才貌绝世。元帝时以“良家子”入选匈奴掖庭。《后汉书·南匈奴传》记载：“丰容靓饰，光明汉宫，顾影徘徊，竦动左右。帝见大惊，意欲留之，而难于失信，遂与匈奴。”王昭君在漠北被封为呼韩邪单于的“宁胡阏氏”。自昭君出塞后，汉匈团结和睦，国泰民安。《史记·匈奴传》记载当时：“边城晏闭，牛马布野，三世无犬吠之警，黎庶忘干戈之役。”呼韩邪单于亡故后，昭君按照匈奴“父死，妻其后母”的风俗，嫁于呼韩邪的长子复株累单于。复株累单于死后，昭君寡居，终于33岁，葬于今呼和浩特市南郊，墓依大青山，傍黄河水。称“青冢”。今人时祀之。

王昭君诗作，《乐府诗集》中收录《昭君怨》一篇。

蔡文姬，名琰，字文姬，陈留郡（今河南省开封）人。其父为东汉著名学者蔡邕。文姬自小博学能文，善诗赋。早年蔡文姬曾远嫁河东士子卫仲道，仲道一年后咯血而死，文姬回到娘家。汉末军阀混战中，羌胡乘机掠掳中原：“马边悬男头，马后载妇女，长驱入朔漠，回路险且阻”（蔡文姬《悲愤诗》）。文姬被掳南匈奴，嫁匈奴左贤王。曹操扫平北方后，赎文姬于匈奴，回到故乡陈留郡继父之撰述，更嫁田校尉董祀。

① 《鲁迅全集》第十卷《汉文学史纲要》，人民文学出版社1956年版，第308页。

婚后第二年，董祀犯罪当死，文姬向曹操求情，救董祀一命。后夫妻溯洛水而上，隐居山麓而终。

《后汉书·董祀妻传》中记蔡文姬："感伤乱离，追怀悲愤，作诗二章。"即《胡笳十八拍》、《悲愤诗》，其中《胡笳十八拍》被公认为中国诗人创作的第一首自传体五言长篇叙事诗，"真情穷切，自然成文"（张玉穀《古诗赏析》）。为此，郭沫若先生作有话剧《蔡文姬》行世。

卓文君，临邛（今四川邛崃）人，富商卓王孙之女。文君自小好音律。文君与司马相如的爱情及凤求凰的故事已属中国文化史上的典故。

除《乐府诗集》中收录的《白头吟》外，文君还有《诀别书》一首：

> 春华竞芳，五色凌素，琴尚在御，而新声代故！锦水有鸳，汉宫有水，彼物而新，嗟世之人兮，瞀于淫而不悟！朱弦断，明镜缺，朝露晞，芳时歇，白头吟，伤离别，努力加餐勿念妾，锦水汤汤，与君长诀！

诗歌凄婉灵动，深情款款，最终挽回了丈夫的背弃。司马相如逝后，文君作《司马长卿诔》悼念。文辞深情华美，世所流传。

班婕妤，班婕妤的班氏家族，在汉代属赫赫望族，班彪、班固、班超等风云人物都出自班家。班婕妤自小颖悟多才。在汉成帝时入宫，被册封为"婕妤"。班婕妤品德纯良，风格高洁。《汉书·外戚传》中曾记载班婕妤之言："观古图画，贤圣之君皆有名臣在侧，三代末主乃有嬖女，今欲同辇，得无近似之乎？"太后因此曾赞之："古有樊姬，今有班婕妤。"

班婕妤作品颇多。现存《自悼赋》、《捣素赋》、《怨歌行》、《长信宫怨》四篇。其中《怨歌行》为《乐府诗集》所收录。

以上四位汉代女诗人的作品在本书中多有引用阐释，这里不再作专门分析。

第　三　章

汉乐府女性题材的情感价值

•何时盛年去，恩爱永相忘

《舞乐百戏》河南南阳汉画馆藏

文学作品的情感价值是作品在审美过程中实现特定的情感表达、情感接受与情感认识的集中体现。而特定的情感表达、情感接受与情感认识又以特定的审美理想为依据为统领。因此，文学作品的情感价值最终都体现在文学作品的审美理想上。分析汉乐府女性题材诗作，人们可以看到作品所呈现的审美理想具有鲜明的时代特色。既有人们关于理想生活、理想人生的评价与期望，又有由审美观念中产生出来的关于尽善尽美生活的具体的感性形象。这正符合车尔尼雪夫斯基对“美是生活”的论述：美是“我们所理想和希望”的生活。正因为它是人们所希望、憧憬、向往并为之奋斗的生活，因此，“美”更具有崇高、瑰丽的色彩。①

① ［俄］车尔尼雪夫斯基：《生活与美学》，人民文学出版社 1957 年版，第 6—7 页。

汉乐府女性题材诗作的情感价值、审美理想主要体现在对有汉一代女性的外貌审美、精神审美、恋爱情感和婚姻情感四个方面的深刻而又真切的反映上。

第一节　外貌审美理想

各个时代，女性美的衡量标准和流行风尚是各不相同的。如在《礼记·檀弓上》中记载夏代的女性外貌美之风尚是："夏后氏尚黑"。在东周时代，中原文化中是："手如柔荑，肤如凝脂，领如蝤蛴，齿如瓠犀。螓首蛾眉，巧笑倩兮，美目盼兮"（《诗经·卫风·硕人》）；"有美一人，清扬婉兮"（《诗经·郑风·野有蔓草》）；"窈窕淑女，君子好逑"（《诗经·周南·关雎》）。以及楚文化中宋玉《登徒子好色赋》之："眉如翠羽，肌如白雪，腰如束素，齿如含贝"；宋玉《神女赋》之："貌丰盈以庄姝兮，苞温润之玉颜，眸子炯其精朗兮，瞭多美而可观。眉联娟以蛾扬兮，朱唇的其若丹"。

而曹植在《洛神赋》中对于汉代的女性美进行提炼式总结时却云：

> 其形也，翩若惊鸿，婉若游龙，荣曜秋菊，华茂春松。仿佛兮若轻云之蔽月；飘飘兮若流风之回雪。远而望之，皎若太阳升朝霞，迫而察之，灼若芙蕖出绿波。襛纤得衷，修短合度；肩若削成，腰如约素；延颈秀项，皓质呈露；芳泽无加，铅华弗御；云髻峨峨，修眉联娟；丹唇外朗，皓齿内鲜；明眸善睐，靥铺承权；瓌姿艳逸，仪静体闲；柔情绰态，媚于语言。

这不仅继承了先世的民族传统观念，而且还有了新的发展。对女性的气质、文化素质美以及情欲诱惑之美都提出了要求。按照曹植提供的这一线索，人们可以看到，汉乐府诗歌作为文学艺术作品，为人们描绘了一个时代特征鲜明而又绚丽耀目的女性审美世界。

一 面容美

无论哪个时代的女性审美，其首要在于面貌。司马相如在《美人赋》中形容女性的容貌美："有一女子，云发丰颜，蛾眉皓齿，颜盛色茂，景曜光起，恒翘翘而西顾。"此美人，既非英姿勃发的北国好女，亦非弱质纤纤的南国佳丽。她的容颜美中，兼容了南北女性之美。她有浓密的乌发，黑长的蛾眉，洁白的贝齿；她面容红润，举止高雅，妩媚含情。相类似的描写也见诸于其他汉乐府诗歌中。如《东飞伯劳歌》："开颜发艳照里闾……窈窕无双颜如玉。"《焦仲卿妻》之"东家有贤女，窈窕艳城郭"。王泗原在《古语文例释》"美而艳"条曰："艳为肌体丰盈。"《说文解字》中解释"艳"字："艳，好而长也。从丰，丰，大也。春秋传曰：'美而艳'。"这种容颜上的"长大"之美，与汉文化飞动大气的审美特征相吻合。

需要注意的是，容貌之"艳"往往只指女性天然拥有的"丰颜"之美，并不一定意味着浓妆。这一点不独汉代为然。《红楼梦》中《游幻境指迷十二钗，饮仙醪曲演红楼梦》一回里，警幻之妹的容貌，在宝玉看来正是"其鲜艳妩媚，有似宝钗，风流袅娜，则又如黛玉"。黛玉容颜之清淡美不用说了，恰恰被誉为牡丹"任是无情也动人"（《寿怡红群芳开夜宴，死金丹独艳理亲丧》）的宝钗，也是"从来不爱这些花儿粉儿的"（《送宫花贾琏戏熙凤，宴宁府宝玉会秦钟》），打扮的"看去不觉奢华"（《比通灵金莺微露意，探宝钗黛玉半含酸》）。可见宝钗之"艳"，全凭其眉目本身。女性天然之"艳"与"雪洞一般"（《史太君两宴大观园，金鸳鸯三宣牙牌令》）的清丽之美往往并不矛盾。

汉代对于女性容貌素净之美推崇也是有渊源的。《诗经·秦风·小戎》之"言念君子，温其如玉"，"玉"原用来形容男子的德行高洁，在汉代逐渐被用于形容女性的容貌之温雅。如《东城高且长》之"燕赵多佳人，美者颜如玉"。而此说法甚至成为了后世形容女性之美的泛称。《增广贤文》中记载宋真宗《励学篇》中就有："书中自有黄金屋，书中自有颜如玉"之说，后来便衍化成为民间俗语。由此可见，汉代关于女性"如玉"的审美理想所具有的长久生命力。

除了从整体上把握，汉乐府诗歌所体现的女性容貌审美理想，更着眼于具体细节。首先是眉毛。《城中谣》中歌“城中好广眉，四方且半额”。《汉书》载：“明帝宫人服青黛蛾眉”，蔡邕《青衣赋》：“盼倩淑丽，皓具蛾眉”。从《黄门倡歌》中黄门歌女的“点黛方初月”，以及《城中谣》中“且半额”的形容来看，“广眉”与“长眉”或者并非全然相同。广眉当较粗，属于一种近似于《硕人》之“螓首蛾眉”的较为传统的眉形。“长眉”、“远山眉”（《西京杂记》卷二：“文君姣好，眉色望如远山，脸际常如芙蓉”）如新月又弯又长。《史记·司马相如列传》中写卓文君：“连娟蛾眉”，是对长眉的另一种描述。

其次是口唇。《焦仲卿妻》中就有“口如含朱丹”的描写。在汉代，人们开始广泛使用从千层岩中提炼出的朱砂颜料制作“丹”，并用作女性的唇脂。东汉以后，掌握了人工合成朱砂的技术，从而使女性的“朱唇”妆愈发流行。“朱唇”之美甚至感染了匈奴人：“失我焉支山，使我妇女无颜色”（《史记·匈奴传索隐》）。焉支山为唇妆颜料“胭脂”的产地。词牌中的“点绛唇”，亦已成为了诗词中一个鲜明的美学符号。

唇齿相连。曹植《杂诗五首》中“谁为发皓齿”的描写，清人龚自珍《己亥杂诗》中“齿如编贝汉东方”句，证明了对皓齿的审美也同样深得古代文化的认可。

第三是发式。据考证，汉代女性的发式多达十余种。在乐府诗歌中就描绘了几种不同的女性发式。如《陌上桑》中罗敷“头上倭堕髻”；《羽林郎》中胡姬“两鬟何窈窕，一世良所无”；《城中谣》中“城中好高髻，四方高一尺”等。据《古今注》载：“倭堕髻一云堕马髻之余形也。”李贤注引《风俗通》道：“坠马髻者，侧在一边。”《后汉书·梁冀传》描述梁冀的妻子孙寿：“色美而善为妖态，作愁眉，啼妆，坠马髻，折腰步，龋齿笑，以为媚惑。”坠马髻是历史上女性最富生命力的一种发式。自汉始，直至清代亦有之。

至于《城中谣》中之“高髻”，则是流行于汉代宫廷的一种华贵发式。为了使发髻蓬松而发型固定，汉代贵族妇女很可能已经开始使用假发来辅助造型。《城中谣》中“四方高一尺”句则是对民间女性模仿时夸张造型的戏谑。至唐代，高髻造型达到全盛。如李贺《大堤曲》中“青云教绾头上髻”；刘禹锡《无题》中“高髻云鬟新样妆”。不独汉唐，至清代犹有“慵懒高髻绿婆娑”（蒲松林《聊斋志异·连城》）。

《羽林郎》中的“两鬟”，则是颇有胡地少数民族特色的发式，在中原汉代女性间流传并不广泛。但到了唐代却被更开放的唐代妇女吸纳，改造为极具风姿的“云鬟”，由此成为了中华女性又一流行的华美发式。李白《久别离》云：“至此肠断彼心绝，云鬟绿鬓罢梳结”；元代杨暹所编杂剧《刘行首》第四折中唱道：“脱红裙，着布衣，改云鬟为丫髻”，便是例证。

此外，在西汉，出现了“胭脂”这种也可以涂抹于面腮，使容颜红润的化妆用品，使女性美其所美。因而在《青青河畔草》中，便有“娥娥红粉妆”的描写。

《梳妆图》　魏晋

二　形体美

形体之美也是汉代女性审美理想的重要组成部分。相对于《诗经》时代以是否利于生育为标准，崇尚女性形体的健硕之美，汉代时尚的美人，身材则娇小得多，腰身似可握。如汉成帝时的皇后赵飞燕，《赵飞燕别传》中曾描述：“赵后腰骨尤纤细，善踽步行，若人手执花枝颤颤然，他人莫可学也。”《焦仲卿妻》中，描述兰芝“腰若流纨素”。曹植《洛神赋》中有“腰如约素”句。据《辞源》中“束素”条解：“形容女系细腰如束帛。"①

除了腰肢，汉乐府诗歌中观察女性形体的另一个重点是女性的手。《焦仲卿妻》中"指如削葱根"；《青青河畔草》中"纤纤出素手"；《迢迢牵牛星》中"纤纤擢素手"；曹植《美女篇》中"攘袖见素手"，等等，都是通过赞叹女性细长白皙的素手，来显示女性身材的修长白净之美的。

三　服饰美

汉乐府诗歌还常常借助华美的衣着和饰物来烘托女性之美。

饰品，发饰。汉代女性常用的发饰有笄、簪、钗等，材质有金、玉、银、竹、铜等。其中《续汉书·舆服志下》记载皇太后之簪："以玳瑁为擿，长一尺，端为华胜，上为凤凰爵，以翡翠为毛羽。"而汉乐府诗歌对女性发饰的描写则是不胜其多。如"头上玳瑁光"；"耳后玳瑁钗"；"宝钗可耀首"；"头上金钗十二行"；"头上三爵钗"；"金薄画搔头"；"双珠玳瑁簪，用玉绍缭之"；"金翠暗无精"等。这里需要指出的是，"绍缭"即玉片缠绕簪身的做法，是当时镶嵌首饰最常用的一种制作方法，当是唐宋首饰"结条钗"的雏形。而搔头便是后世被女性长期使用的一种华贵首饰，以其摇曳多娇、助人妩媚而多见于诗作中。唐人王建《宫词》之"蜂须蝉翅薄松松，拂动搔头似有风"；杜甫《秋日夔府咏怀奉寄郑监李宾客一百韵》之："唤起搔头急，扶行几屐穿"；明人李车阳《玉簪》之："妆成试照池边影，只恐搔头落水中"，等等，都属借描画搔头来摹写女性之美貌。

耳饰。《陌上桑》等篇目中"耳中明月珠"；"耳后大秦珠"；"耳著明月珰"；"耳中双明珠"；"何以报之明月珠"等描写极言耳饰之美，也可见在汉代，用珍珠制成的耳饰格外流行。其中"明月珰"之"珰"，据《释名·释首饰》云："穿耳施珠曰珰，此本出于蛮夷所为也。蛮夷妇女轻浮好走，故以此珰锤之也。今中国人效之耳。"除耳珰之外，汉代耳饰尚有"耳珥"。《释名·释首饰》曰："珥，填也。县当耳傍不欲使

① 《辞源》，上海辞书出版社 2003 年版，第 996 页。

人妄听，自镇重也。或曰充耳，充，塞也。塞耳亦所有止听也。”由此可见，诗歌中所谓“耳中”之珠，大多是珥。《史记·外戚世家》中就有“（武帝）谴责钩弋夫人，夫人脱簪珥叩头”的记载。

臂饰和手饰。流行性的臂饰、手饰似在东汉时期才广泛出现。曹植《妾薄命行二首》中描述佳人“腕弱不胜珠环”，《美女篇》中又有“皓腕约金环”；繁钦《定情诗》中也有“绾臂双金环”、“绕腕双跳脱”的描写。其中臂环即臂钏。《太平御览》引服虔《通俗文》云：“环臂谓之钏。”《唐诗纪事》中解释：“‘绕腕双跳脱’为‘今之腕钏也’。”而此两种饰物均是西汉后由西域传入中原的饰品。《定情诗》中的臂环由黄金制成，而汉代另有珠制臂环，如《后汉书》中记载赵国相夫人“系臂珠”。臂环在唐代发展成为“臂支”，一种独立于手镯之外的专门装饰手肘和上臂的饰物。如《唐宋传奇集》记载，杨贵妃赐舞女阿蛮“红粟玉臂支”。除此之外，在手肘部系挂香囊在汉代也颇为流行。如《定情诗》中就有“何以致叩叩，香囊系肘后”的描写。

汉代，指环也已经成为了女性的装饰品。《西京杂记》卷一记载：“戚姬以百炼金为弫环。”《定情诗》中的“何以致殷勤，约指一双银”，系银质的指环。值得注意的是，在《晋书·四夷传·大宛传》中有记载：“其俗娶妇，先以同心指环为聘。”《汉旧仪》中又有规定：“御幸赐银指环，令书得环数，计月日无子，罢废不得复御。”由此可见，汉代在宫廷和民间，指环已经开始具有了“定情”意味。从《定情诗》的描写还可以看出，不止指环，“绾臂双金环”和“绕腕双跳脱”也分别具有着“何以致拳拳”及“何以致契阔”的缠绵定情含义。

在汉代，还有在女性身上垂挂玉佩的做法。如《定情诗》中的“何以结恩情，珮玉缀罗缨”。《美女篇》中的“腰佩翠琅玕”。

服装。汉代的女性服装包括襦、裳、裙、裾、衫、裘，等等。在《释名·释衣服》中云：“凡上服曰衣。”在《说文·衣部》中也有“上曰衣”的记载。关于女性上衣汉乐府诗歌描写展现得就更加美好绚丽了。“紫绮为上襦”；“长裾连理带，广袖合欢襦”；“妾有绣腰襦，葳蕤自生光”；“晚成单罗衫”；“白绢双中衣”；“纨素三条裾”；“谷风吹我襦”；“争竞理衣裘”；“城中好大袖，四方全匹帛”；“被服罗裳衣”；“衣带日已缓”；“罗衣何飘飘，轻裾随风还”，等等。

汉乐府诗歌不仅对女性上衣绚丽多姿做了充分的描述，还对不同上衣的特定用途给予了关注。《急救篇》颜师古注：“短衣曰襦，自膝以上。一曰短而施要者。襦衣，外曰表，内曰里。”《释名·释衣服》中解：“襦，暖也，言温暖也。”是一种适合春秋穿着的上衣。其中罗敷的“紫绮襦”应当是指用紫色罗绮做的华丽上襦。兰芝之“绣腰襦”则更为精美，在襦衣的腰部做了刺绣装饰。或者类似于《释名·释衣服》中的“要襦，形如襦，其要上翘下齐要也”，是一种裁剪并装饰出腰身曲线的精致襦衣。《定情诗》中能被谷风吹动的襦衣，则应该是较为宽大飘逸的。作者用《谷风》之典，更助弃妇凄凉。《羽林郎》里胡姬所穿的，更是袖子宽大，适合舞蹈等展现女性体态之美的华丽襦衣，相比较其他襦衣，具有更强的表现力。其中“合欢”是指在襦衣的对襟上分别绣有代表男女情爱之象征物的花纹图案。胡姬的襦衣类似于演出服装，颇具职业色彩。《城中谣》里“四方全匹帛”的大袖之衣，也很可能是宫廷佳丽歌舞承欢时，将刚刚从西域传来的广袖之襦改造的。

除了襦外，裘也是汉代女性流行的上衣，主要用在秋冬季。《淮南子》记载：“非裘不能具绨绵曼帛温暖于身也。”《三国志·魏书》里也有：“救寒莫如重裘”的谚语记录。可见裘衣的保暖作用颇受汉人推崇。但是裘毕竟昂贵，在汉乐府诗歌中，只有《黄门倡歌》里的宫妓们可以“争竞理衣裘”。

《释名·释衣服》云：“下曰裳”。“裙，下裳也”。汉乐府诗歌中记载女性之裙主要有：“湘绮为下裙”；“著我绣袂裙”；“飘风吹我裳”等。《黄门倡歌》中宫妓们的“缝裙学石榴”则是关于石榴裙的最早记载。石榴裙到了唐代成为女性流行的服饰。李白诗《宫宅》之“移舟木兰棹，行酒石榴裙”；白居易诗《和春深二十首》之“眉欺杨柳叶，裙妒石榴花”等，都是石榴裙广受女性欢迎的明证，甚至女皇则天也留下了“不信比来常下泪，开箱验取石榴裙”（《如意娘》）的柔情之作。石榴裙直到明清仍然广为女性穿着，《红楼梦》中亦有“呆香菱情解石榴裙”的大段描写。

在汉乐府诗歌中，亦未忽略女性鞋、履的描摹。“足下蹑丝履”，“足下丝履五文章”，足见其风流俏丽之无比。

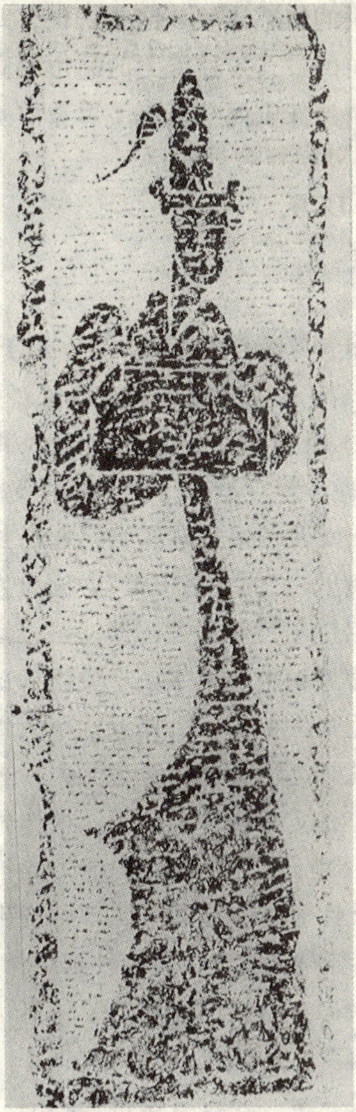

《捧奁侍女》河南南阳县石桥汉墓

第二节　精神审美理想

在汉代，女性的精神气质中也呈现出一种时代性的刚健和大气。这是汉代社会发展进步给人们整体精神面貌带来的变化和鼓舞。汉乐府诗歌在这方面给人们提供的情感体验、情感认识，即精神审美是多因子多向度的，也是感人肺腑的。其精神审美的品位和高度，可以毫不夸张地说，既为中华妇女的精神气质面貌奠定了可贵的基础，又产生了强大的牵引力。

一　母性心理美

汉乐府诗歌对健全的母性心理情感体验亦给予了敏锐的捕捉和肯定。其中最为典型的当属张衡《同声歌》里对那位新妇心思的刻画："思为莞蒻席，在下蔽匡床；原为罗衾帱，在上卫风霜。"诗中希望"蔽匡床"、"卫风霜"的女性心理应是汉代赋予人的英雄精神和女性母性情怀的双重反映。未成年的女儿用婚姻宣布自己业已长大成人，自然会希望在这个全新的生活环境里，"绸缪主中馈"，充分发挥自己的才干，施展自己生命的能量。不仅侍奉公婆丈夫，操持祭祀家务，生儿育女，她还想要做这个小天地里潜意识中的主宰。想要维持这个天地，扮美这个天地，甚至于用自己的生命去保护、去捍卫这个天地。尽管天真，却洋溢着丰沛的生命活力。此时她没有过多考虑丈夫在夫妻之间的职责，或者更多的，她在潜意识里将丈夫视作了孩子，视作了需要她母性呵护的顽童。新妇在这种心理中对于男性自我保护能力的不自觉弱化，正如《第二性》中的论述："女性通过做母亲来实现她的生理命运，是自然赋予她的'使命'，她的全部身体肌理都为物种延续作准备。"①正因为如此，当女性通过婚姻仪式来确定自己已经成为了一名预备母亲之时，她就已经在用母亲的视角来打量她的新家和她的丈夫了。而丈夫，这个不同于父母的、不同于自己姊妹的、还没有做过父亲的，结婚后也仍然是"公婆的孩子"的男性，自然先于还在幻想中的儿女，成为了新妇"母性"的第一个释放对象。

一个耐人寻味的现象是，在中国古代，女子嫁入男子家，这就造成了女子要彻底离开父母的庇护，离开与自己血缘相关的娘家，没有退路地投身到另一个完全陌生的家庭环境当中，并且要完整地独自承担起社

① ［法］西蒙·波伏娃：《第二性》，西苑出版社 2004 年版，第 195 页。

会对于成年女性的全部要求。而与之相反，对男性而言，结婚只不过是接纳了一个新的家庭成员。虽然社会对于男性——丈夫的职责也有颇多要求，但不可否认的是，男性不会因为结婚而失去父母的保护，失去众多亲友的爱和支援，不会失去从小就熟悉就适应的生活环境。因此，婚后的男性仍然可以做父母的孩子，可以依赖家庭的后盾推脱婚姻中的某些责任，男性因此也就不能完全体会女性在新婚后独立生活的心理体验和从此完全“自立”的潜意识。古代婚姻中女性的成熟和男性的任性往往源于这样的生活基础。《同声歌》中女性以柔弱之躯似乎是越俎代庖，想要为男性遮风挡雨的母性心理，也正是由此而来。又因为她身处汉代弘放的时代风尚当中，她的母性情怀也就因之显得尤为康健、柔韧而爽朗了。

二　气度见识美

在汉乐府诗作中，对于女性在生活中知礼仪、识大体、重教养的操持亦多有表现。准确地反映了汉代女性在多种社会关系中特有的思想情感和精神理想。

首先看称谓上的谦辞和敬称的应用。在汉乐府诗歌中，凡涉及夫妻关系、生活、对话，“妾”、“君”、“卿”之呼不绝于耳。“明知边地苦，贱妾何能久自全”；“我欲与君相知”；“闻君有两意”；“君尔妾亦然”；“语卿且勿眄”，等等。这里既有对丈夫的尊崇，又有女性的自谦，甚至有对夫君撒娇亲昵的意味，使汉时女儿恪守妇道又不失真率、活泼玲珑的面貌显得绰约多姿。

再看《上山采蘼芜》中这位弃妇的气度和聪慧。与休弃了自己另结新欢的前夫，在山脚下不期而遇了。妇人极有礼貌的长跪在前夫面前施礼，张口问道：“新人复何如？”在此情境中，弃妇身心摧伤，而地位卑微，因此她不得不跪。既是故夫，她理当对其行礼，她对他余情不灭，因此她甘愿一跪。然而更重要的是，她不服！冤屈、酸楚、悲凉。总算碰到这样一个好机会了，她要当面问一问他，自己究竟比新妇差在何处。她要亲眼看一看，看他是否后悔了，是否歉疚了，看他是否还爱着自己。因此妇人此时此地的一跪一问，跪跪问问，以退为进，以守为攻，是对故夫十分的谦卑后放射出的十二分气势和责难。《庄子·天下》云："知其雄，守其雌，为天下溪。知其白，守其辱，为天下谷。"弃妇此时之心态正如此论。于绝对的外表弱势里反衬出心理情感的绝对强势。这也是当代文学作品描写男女情爱关系时聪慧女性常用的心理手法。《上山采蘼芜》不啻是汉乐府诗歌中反映女性精神审美理想的光辉篇章。

尽管《礼记·少仪》有："妇人吉事，虽有君赐，肃拜为尸坐，则不手拜"的礼法规定，尽管《孟子》中早就有"男女授受不亲，礼也；嫂溺，援之以手者，权也"的世俗解读，然而汉乐府诗歌《陇西行》塑造的在社会交往中进退有度，通情达理的健妇形象，任由谁看来，都不能不承认她完全有资格编入我们民族的文化礼仪史当中去。此健妇无疑是她那个时代当中秀外慧中，能里能外的家庭主妇的精神审美典范。

三　阴柔悲凄美

这里还需要分析的是，《焦仲卿妻》一篇对于女性阴柔凄美精神的推崇和赞美。应当说兰芝"揽裙脱丝履，举身赴清池"是有其深沉的思想情感背景的。也就是说，在汉代，在女性中已形成了这种阴柔、凄美、决绝的精神状态。诗歌将其典型化地表现出来，恰恰反映了汉乐府诗歌的精神审美的另一种自觉意识。唯其如此，《焦仲卿妻》以及汉乐府诗歌才会千古传诵，被不同时代的人们所喜爱。就这一点来看，汉乐府及《焦仲卿妻》所创造的阴柔、凄美、决绝的女性精神情感之美，当属文明时代普遍永恒的精神财富。

面对死亡之时，女性常常表现出超乎男性的镇定和从容。女性情感中的母性之美与神性之美，往往在面对死亡之时散发出最灿烂的光辉。

与兰芝的精神相通而又有所不同的是，汉乐府诗歌中的华容夫人。《华容夫人歌》（《乐府诗集》卷第八十五　杂歌谣辞三）曰："发纷纷兮寘渠，骨籍籍兮亡居。母求死子兮，妻求死夫。裴回两渠间兮，君子独安居！"据《汉书》记载："燕剌王旦，武帝第四子也。昭帝时，谋事不成，妖祥数见。燕仓知其谋，告之，由是发觉。王忧懑，置酒万载宫，会宾客群臣妃妾坐饮。王自歌，华容夫人起舞，坐者皆泣。王遂自杀。"《尧山堂外传》中更有"天子使使者赐玺书，王以绶自绞，夫人随旦自杀”的补记。

在这个谋事不成，灭顶之灾已经不可避免的时刻，华容夫人作为丈夫的妻子、孩子的母亲，发出了“母求死子兮，妻求死夫”的悲切誓愿。在死亡面前镇定不惧、临危不乱。没有参与“谋事”，她是因夫、子而受连坐的。可是华容夫人在这样一个时刻非但没有表露出对于亲人的丝毫埋怨。相反，她要求代替丈夫和孩子去死，用自己的生命来换得亲人的生存。华容夫人此时的情感选择，当是爱情的顶峰、母性的顶峰、对生命眷恋的顶峰。与虞姬于舞剑中自刎，与兰芝“举身赴清池”一样，同是汉代女性阴柔、凄美、决绝情感之美的最为华美的图景。

第三节　汉代女性的恋爱情感

与《诗经》中多篇目涉及恋爱生活不同，汉乐府诗歌中单纯描写恋爱内容的作品数量极其有限。在所描写的女性两性情感体验方面，绝大部分都是以已婚女性作为观照视角的。这是由汉代的婚姻模式和婚姻结构已经趋于成熟的社会现实造成的。未婚男女的恋爱不再是社会生活中公开普遍的现象。汉代女性的恋爱观念，绝大多数都是以追求实现婚姻或婚姻生活的实质为心理基础的。对爱情的专一和坚韧的付出是汉代女性恋爱情感的鲜明特征。对于此种客观存在的历史面貌，汉乐府诗歌给予了极为真实细致的刻画和反映。

一　对于恋爱情感专一的自觉追求

虽然在上古时代曾经存在过“仲春之月，令会男女；于是时也，奔者不禁”（《周礼·地官·媒氏》）的杂婚式的恋爱生活，但时至汉代，由于社会的进步，人们尤其是女性开始自觉地追求恋爱中情感对象的专属。在现实的恋爱生活中由于男女心理结构的不同和男女社会地位的差异往往会出现女性单向度追求情感专一的状况。

有所思，乃在大海南。有所思，乃在大海南。何用问遗君，双珠玳瑁簪，用玉绍缭之。闻君有他心，拉杂摧烧之，摧烧之，当风扬其灰。从今以往，勿复相思。相思与君绝。鸡鸣狗吠，兄嫂当知之。妃呼狶，秋风肃肃晨风飔，东方须臾高知之。(《有所思》，《乐府诗集》卷第十六　鼓吹曲辞一《汉铙歌》)

少女对恋人殷切怀念，并不因为他“乃在大海南”而稍有止歇。她的情感真挚，有信物为证：“双珠玳瑁簪，用玉绍缭之”。物虽瑰奇，情更无价。其意直追“投我以木瓜，报之以琼琚；匪报也，永以为好也。投我以桃李，报之以琼玖；匪报也，永以为好也”（《诗经·卫风·木瓜》），又承接“庭中有奇树，绿叶发华滋，攀枝折其条，将以遗所思……此物何足贵？但感别经时”（《古诗十九首·庭中有奇树》），是多么美好的感情啊！但却“闻君有他心”，少女顿时大怒：“拉杂摧烧之，摧烧之，当风扬其灰”。由爱生恨，决绝彻底，“从今以往，勿复相思。相思与君绝”。发誓不再惦念负心人了。然而一转念，她又想到，自己从前和情人约会之时，“鸡鸣狗吠，兄嫂当知之”。这样一来，面对情人的变心，自己的退身之地又在哪里呢？“妃呼狶，秋风肃肃晨风飔，东方须臾高知之。”眼看着天就要亮了，情人还会回心转意吗？哥嫂还会容纳自己吗？众人会知晓自己被背弃了吗？自己应当怎么面对接下来的生活呢？恐惧、绝望、彷徨把深陷在单向度恋情中的少女燃烧成万千光焰的太阳。多么值得可怜的悲情的汉时女儿啊！

更有甚者，如：“上邪，我欲与君相知，长命无绝衰。山无陵，江水为竭，冬雷震震，夏雨雪，天地合，乃敢与君绝！”（《上邪》，《乐府诗集》卷第十六　鼓吹曲辞一《汉铙歌》）汉代人敬天畏命，非不得已，不会言天。这位姑娘开口便言天，可想见她神情庄重，言之重大。“我欲与君相知，长命无绝衰。”经过精心选择，姑娘认为这位男子值得相爱，“长命无绝衰”。她在指天为誓之后连着举出了五种千载难逢，极其反常的自然现象，用以比拟自己对爱情的坚贞不移。姑娘感情之如江河奔腾不可遏制，可见其对于恋爱之虔诚。因此清代张玉穀在《古诗赏析》卷五评论道：“首三，正说，意言已尽，后五，反面竭力申说。如此，然后敢绝，是终不可绝也。迭用五事，两就地维说，两就天时说，直说到天地混合，一气赶落，不见堆垛，局奇笔横。”其实《上邪》不仅“局奇笔横”，就表达女性对爱情专一真挚之神思而言，可以说，古往今来无可出其右。正因为如此，在后世作品中不时可听到《上邪》的回响：

枕前发尽千般愿，要休且待青山烂。水面上秤锤浮，直待黄河彻底枯。白日参辰现，北斗回南面，休即未能休，且待三更见日头。（敦煌曲子词《菩萨蛮》）

长相知，才能不相疑；不相疑，才能长相知。长相知，长不断，难道陛下和单于不想“长相知”吗？难道单于和陛下不要“长不断”吗？长相知啊！长相知！这岂是区区的男女之情，碌碌的儿女之意哉！①

曹禺先生在剧本《王昭君》中，对《上邪》能有如斯引用解读，是因为先生看到了《上邪》男女恋情之上我们民族从那个时代起就具有的道德和智慧的高度。

迢迢牵牛星，皎皎河汉女。纤纤擢素手，札札弄机杼。终日不成章，泣涕零如雨。河汉清且浅，相去复几许。盈盈一水间，脉脉不得语。（《古诗十九首》）

更为可贵的是，在经历了《有所思》、《上邪》的急风暴雨般的决绝之后，汉乐府又以《迢迢牵牛星》记录了我们民族对于爱情坚韧、专一、内敛、缱绻的另一面。于是有了我们民族的“七夕”、“乞巧节”和“两情若是久长时，又岂在朝朝暮暮”（秦观《鹊桥仙》）的达观。汉乐府诗歌对于我们民族文化心理形成之贡献由此可见一斑。

二 将恋爱专一与人格尊严自觉结合

汉乐府诗歌对于胡姬、罗敷形象的塑造具有深刻的思想发展史意义上的认识价值。如果说罗敷的斗争手段仍局限于旧道德、旧意识的范畴，

① 曹禺：《王昭君》，四川人民出版社1979年版，第58页。

《牛郎织女》四川郫县新胜场石棺棺盖

即用夫婿的高贵地位吓退使君的话，那么胡姬用来维护自己人格尊严的，却纯粹是道义进步上的力量。“人生有新故，贵贱不相逾”。作为一个很有可能是风尘女子的社会底层的女性，她的人格价值，相对来说是更加精神性的。如果她真的是当垆沽酒的劳动妇女，则她的拒绝调戏恰符合着保护贞操的伦理判断；而如果她确是一位歌姬，她对金吾子的拒绝，则可以看作是唐传奇中忠诚、刚烈的“义娼”形象的一个雏形。在一定程度上，她的“职业”决定了她已经失去了对自己身心尊严的所有权。但毕竟，她还拥有保留自己情感归属的精神自由。从商业活动的规律和准则看，胡姬的行为更可以理解为对于自己商业行为自主权的维护，体现出了更为纯粹的超越金钱和社会地位的精神领域中的高洁、自由和可贵。这样看来，胡姬的思想认识水平，代表着汉代新兴的市民阶层的思想，即朴素朦胧的民主民权意识和平等思想。这一点进入汉乐府诗歌创作领域不仅反映了汉代女性的精神高度，更折射出汉代思想文化的活跃和开放。

三 可爱的单相思

单一方向的爱慕和渴求是人类进入文明时代之后恋爱生活中又一美丽的景致，汉乐府诗歌作为史诗对此亦有记录。

> 今夕何夕？搴舟中流。今日何日？与王子同舟。蒙羞被好兮不訾诟耻，心几顽而不绝兮得知王子。山有木兮木有枝，心悦君兮君不知。（《越人歌一首》，《乐府诗集》卷第八十三　杂歌谣辞一）

《越人歌》相传是中国第一首译诗。鄂君子皙泛舟河中，打桨的越女爱慕他，用越语唱了一首歌，鄂君子俗请人用楚语翻译了出来。《乐府题解》曰："楚鄂君子俗者，乘青翰之舟，张翠羽之盖，榜拽。越人悦之，棹楫而越歌以感，鄂君欢然，举绣被而覆之。"

在刘向的《说苑·善说篇》中记录了这首越语歌的楚译：

> 庄辛迁延盥手而称曰："君独不闻夫鄂君子俗之泛舟于新波之中也？乘青翰之舟……张翠盖……会钟鼓之音，毕，榜拽越人拥楫而歌，歌辞曰：'滥兮抃草……'鄂君子俗曰：'吾不知越歌，子试为我楚说之！'于是乃召越译，乃楚说之曰：'今夕何夕兮……'于是鄂君子俗乃揄修袂，行而拥之，举绣被而覆之。"

这首诗歌兼融了《诗经》和《楚辞》之风，尽写怀春少女可爱的梦幻般思恋。如"今夕何夕？搴舟中流"句，化用《诗经·唐风·绸缪》中"今夕何夕，见此良人"和《诗经·郑风·褰裳》中"褰裳涉溱"。用不识今夕何夕、今日何日的迷幻思绪衬托"与王子同舟"的惊喜和沉醉，淡化了时空观念来突出爱恋到来时的隆重和对人身心带来的巨大冲击。这种单相思带来的静谧的愉悦在后世成为了沉醉于某种高妙的审美情感的绝佳代言。如宋人张孝祥《念奴娇·过洞庭》词云："扣舷独啸，不知今夕何夕。"即是此例。而"心几顽而不绝兮得知王子"句，按王汝弼《乐府散论》解："几顽，二字费解，当是'颉颃'的音讹形误字。"在《诗经·邶风·燕燕》中有"燕燕于飞，颉之颃之"之句，《毛传》言："飞而上曰颉，飞而下曰颃"，在《越人歌》中用来作比，正是少女内心忐忑，充满甜蜜幻想的写照。而"山有木兮木有枝，心悦君兮君不知"句，又化用《九歌·湘夫人》中"沅有芷兮澧有兰，思公子兮未敢言"之句，寂寞之情思，正是恋爱开始之前女性带有神秘特质的情感追慕，与《诗经·郑风·风雨》中"风雨如晦，鸡鸣不已。既见君子，云胡不喜"的神韵一脉相通。

四　恋爱情感的时代差异性比较

与《诗经》等先秦文学作品中所体现出的女性恋爱情感观念相比

较，汉乐府诗歌中女性恋爱情感更明确地指向了对于爱情专一的强调和对于实现婚姻的渴望。而《诗经》诸篇的重点则在于通过对等待过程的描写主要体现女子与恋人情感的交流和爱意的呼应。如《诗经·郑风·子衿》：

> 青青子衿，悠悠我心。纵我不往，子宁不嗣音？青青子佩，悠悠我思。纵我不往，子宁不来？挑兮达兮，在城阙兮。一日不见，如三月兮。

在反复叹问了“纵我不往，子宁不嗣音”，“纵我不往，子宁不来”之后，又叹息“一日不见，如三月兮”，诗篇着重于描写爱情带给人的心灵撞击和复杂的心理体验，对于爱情的目标并未给出明确的表达。这一点，《诗经·风雨》篇也相类似：

> 风雨凄凄，鸡鸣喈喈。既见君子，云胡不夷！风雨潇潇，鸡鸣胶胶。既见君子，云胡不瘳！风雨如晦，鸡鸣不已。既见君子，云胡不喜！

着力点同样在对恋爱中女性的相对静态的心理刻画，作品中不但没有指出恋爱的明确方向，而且几乎看不到其中对于恋爱对象感情专一的关注。而《有所思》在点出了“有所思，乃在大海南”之后，思路便直指两人的情感关系的实质。曹操在《短歌行》中就对《子衿》做了改造：“青青子衿，悠悠我心。但为君故，沈吟至今。”这一改就把汉魏之人已经将爱情生活中情感对象的唯一性的特点表现了出来。由此可以看出汉乐府恋爱诗篇准确地反映了汉代较之先秦进步完善的恋爱观。

先秦时代的社会生活中还存留着群婚制的情爱风俗，加之生产力水平的限制，因此只能提出“于嗟女兮！无与士耽。士之耽兮，犹可说也。女之耽兮，不可说也”等男女对待感情的投入程度不同的问题，发出“三岁为妇，靡室劳矣。夙兴夜寐，靡有朝矣”的哀叹，和“言既遂矣，至于暴矣”的绝望。而《有所思》、《上邪》中汉时女性的思想气象就宏阔得多了，生命自主意识的觉醒使她们的恋爱情感和行为取向便有了刚健的人格尊严的力度。

魏晋时代是全方位的“人的觉醒”的时代，其中也包括了女性意识的觉醒。魏晋时期，少女常常大胆、主动地追求自由和爱情。葛洪在《抱朴子外篇·疾谬》中，有一段文字专“疾”西晋妇女交游之“谬”：

> 今俗妇女，休其蚕织之业，废其玄沈之务。不绩其麻，市也婆裟。舍中馈之事，修周旋之好。更相从诣，之适亲戚，承星举火，不已于行。多将侍从，炜晔盈路，婢使吏卒，错杂如市，寻道亵谑，可憎可恶。或宿于他门，或冒夜而反。游戏佛寺，观视渔畋，登高临水，出境庆吊。开车褰帏，周章城邑，杯觞路酌，弦歌行奏。转相高尚，习非成俗。

在这种社会风气下，女性与男性的交往，与汉代女性所追求的“盈盈一水间，脉脉不得语”的温婉恋情，既有相似之处，亦颇多不同。又如《东城高且长》(《玉台新咏》卷一）中写道：

> 燕赵多佳人，美者颜如玉。被服罗裳衣，当户理清曲。音响一何悲！弦急知柱促。驰情整巾带，沉吟聊踯躅。思为双飞燕，衔泥巢君屋。

思恋中的女子渴望与心上人结为夫妻的情思，在恋爱生活中被动等待，幽思独发的婉约性情跃然纸上。

魏徐干在《情诗》中也描写了一位沉浸在相思中的女子：

> 高殿郁崇崇，广厦凄泠泠。微风起闺闼，落日照阶庭。踟躇云屋下，啸歌倚华楹。君行殊不返，我饰为谁容。炉薰阖不用，镜匣上尘生。绮罗失常色，金翠暗无精。嘉肴既忘御，旨酒亦常停。顾瞻空寂寂，唯闻燕雀声。忧思连相属，中心如宿醒。

魏晋诗作中的女性不再如汉代女性般做出“当风扬其灰”的激烈举动，也不再被恋情淹没自己的全部生命感受。这是魏晋文学作品中反映出的女性恋爱观与汉代女性恋爱观的显著区别。

第四节　汉代女性的婚姻情感

婚姻生活是汉代女性社会生活的核心内容之一。汉代女性的婚姻情感，是女性在婚姻生活中总结、体悟出的对待婚姻的一系列认识态度和情感期许。

一　自律自省的婚姻情感追求

汉乐府诗歌在反映妇女问题上最值得珍视，值得认真研究和开掘的是，它在近两千年前就敏锐地记录了极具东方特色和民族特点的女性婚姻情感观念。这就是女性在追求夫妻感情忠诚和谐时，首先要求自身保证对于丈夫的忠诚和深爱。

客从远方来，遗我双鲤鱼。呼儿烹鲤鱼，中有尺素书。长跪读素书，书中竟何如？上言加餐饭，下言长相忆。（陈琳《饮马长城窟行》，《乐府诗集》卷第三十八　相和歌辞十三）

君今出语一何鄙！身在祸难中，何为稽留他家子。（陈琳《饮马长城窟行》，《乐府诗集》卷第三十八　相和歌辞十三）

妾当守空房，闭门下重关。若生当相见，亡者会黄泉。（《艳歌何尝行四解》，《乐府诗集》卷第三十九　相和歌辞十四）

冉冉孤生竹，结根泰山阿。与君为新婚，菟丝附女萝。菟丝生有时，夫妇会有宜。千里远结婚，悠悠隔山陂。思君令人老，轩车来何迟。复彼蕙兰花，含英扬光辉。过时而不采，将随秋草萎。亮君执高节，贱妾亦何为。（《冉冉孤生竹》，《乐府诗集》卷第七十四　杂曲歌辞十四）

肃肃仆夫征，锵锵扬和铃。清晨当引迈，束带待鸡鸣。顾看空室中，仿佛想姿形。一别怀万恨，起坐为不宁。（《肃肃仆夫征》）

君发兮引迈，去我兮日乖。恨无兮羽翼，高飞兮相追。长吟兮永叹，泪下兮沾衣。（秦嘉妻徐淑《答诗一首》）

客行虽云乐，不如早旋归。出户独彷徨，愁思当告谁！引领还入房，泪下沾裳衣。（《明月何皎皎》）

孟冬寒气至，北风何惨栗。愁多知夜长，仰观众星列。三五明月满，四五蟾兔缺。客从远方来，遗我一书劄。上言长相思，下言久离别。置书怀袖中，三岁字不灭。一心抱区区，惧君不识察。（《孟冬寒气至》）

这是一幅幅多么内敛而又自觉，深情而又刚毅的汉时女儿祈夫图啊！尤其是“置书怀袖中，三岁字不灭。一心抱区区，惧君不识察”；“长跪读素书，书中竟何如?”“思君令人老，轩车来何迟”所表达的千回百折的柔情似水，宁是金石也要为之感动、落泪。

二　朴实理性的婚姻生活追求

汉乐府诗歌中汉代女性的婚姻情感，除了对爱情的深致追求之外，还包括了女性在婚姻生活中自觉或不自觉地要求自身价值的实现，这是汉代女性婚姻情感的理性呈现。在女性不太有机会参与家庭之外的社会生活的汉代，女性生命中的多重需求，大都只能在家庭生活的范围内寻求实现。其中，生理需求、安全需求主要通过婚姻中的感情生活来实现，而尊重需求特别是自我价值实现的需求，则需要女性在婚姻生活中履行自己为人妻的各项职责，从而回归到社会性的鉴别比较之中，来实现除夫妻情感追求之外的价值。

生子，生育子嗣，是汉代女性在婚姻中最能体现自身存在价值之所在。在《圣人出》篇中的“美人子，含四海”句，就可看作是对“美人哉，宜天子”的最好注解，是对美人的极高赞美和肯定。在《陇西行》中，“凤凰鸣啾啾，一母将九雏”的起兴，也正是对于多子女性的赞美和对这样的女性在家庭中地位的肯定。在《东门行四解》中，妻子劝解丈夫时，用“下为黄口小儿”来为自己增加说服力，其中也蕴含着自己不仅作为妻子，也在作为母亲来与丈夫对话，以加重其意见的重要性的因素。在《胡笳十八拍》中，文姬尽管痛恨“戎羯逼我兮为室家，将我行兮向天涯”的屈辱婚姻，但同时也表达了“胡人宠我兮有二子。鞠之育之兮不羞耻”颇感安慰的真实心理。可见不论婚姻状况如何，汉时女性毕竟都将育子视为自身生命价值实现的关键之所在。同时，生子育子也在一定程度上决定着女性对婚姻的态度。

在汉代，嫉妒被视为女性的一项重大恶德。因为在一夫多妻的婚姻结构中，如果妻妾间相互嫉妒争斗，会极大地影响家庭的和睦，扰乱家庭的秩序。因此，嫉妒这种在情爱关系中原本十分正常的，由爱的专属排他特征而导致的心理，成为了女性在家庭生活中需要尽量克制尽量掩饰的情感。而表现出宽怀大度的“贤德”，则成为了女性在婚姻生活中实现道德价值的途径。然而，在此途径上汉时女子的行进又是怎样的艰难呢？

《上山采蘼芜》：“上山采蘼芜，下山逢故夫。长跪问故夫：‘新人复何如？’”与男子的悔恨溢于言表不同，在诗中，女主人公一方面用一跪一问这看似轻松简单的举动和言语将弃妇特有的隐忍、敏感、谦恭以及恨嫉发挥得不露声色，于静默中给“故夫”制造了极大的心理压力；另一方面这位善良的女子还在真心牵挂着丈夫的新婚生活是否和美，不妒，以及愿他人幸福的柔肠百结的汉时女儿的美德，在一句“新人复何如？”中彰显得如云山花海一样美好、多情。

在不平等的婚姻关系中，女性的嫉妒通常应是极为正当的对于自身感情和人格尊严的维护，但由于社会道德标准不允许女性表达嫉妒并视嫉妒为非，因此，和这位上山采蘼芜的女子一样，汉时的女性对自身的嫉妒心理首先就有负面的认知。往往在追述深情时流露出深深嫉恨，又要小心地找出自身心理与社会婚姻道德之间的平衡点。如以下诗句：

浮云蔽白日，游子不顾反。(《行行重行行》)

燕赵多佳人，美者颜如玉。被服罗裳衣，当户理清曲。(《东城高且长》)

慊慊思归恋故乡，君何淹留寄他方。贱妾茕茕守空房，忧来思君不敢忘。(魏文帝《燕歌行七解》)

新人虽可爱，无若故所欢。行云有返期，君恩傥中还。(曹植《蒲生行浮萍篇》)

除了精神层面的价值实现外，汉时女性还需要用自己所能从事的家庭劳动来满足自身“自我实现”的需要。如《焦仲卿妻》中兰芝自述：“十三能织素，十四学裁衣。十五弹箜篌，十六诵诗书。十七为君妇，心中常苦悲。……鸡鸣入机织，夜夜不得息。三日断五疋，大人故嫌迟。非为织作迟，君家妇难为。”就表达了自己因为家务劳动的卓越能力得不到家人的承认而感到的自我实现需要的落空。其后的“妾不堪驱使，徒留无所施”更是这种失落感的直接表达。又如张衡《同声歌》中妇人自言“不才勉自竭，贱妾职所当。绸缪主中馈，奉礼助蒸尝。思为莞蒻席，在下蔽匡床；原为罗衾帱，在上卫风霜。洒扫清枕席，鞮芬以狄香”，也表达了妇人渴望在婚姻生活中充分发挥自己的持家才干，从而博得丈夫、公婆以及社会的好评，让自己的婚姻生活变得充实而有意义的强烈心情。百里奚妻在古辞《琴歌三首》（《乐府诗集》卷第六十　琴曲歌辞四）中回忆自己曾经为丈夫“烹伏雌，炊扊扅”、“临当别时烹乳鸡”，同样是在怨叹自己的劳动和照顾没有换来丈夫应给予的感情和认可。

《凤凰与九雏》　山东安丘市董家庄汉墓

三　对再婚自由的勇敢追求

与后世相比，汉代女性的婚姻观念中已包括了对再婚自由的追求。《史记·外戚世家》中就记载了武帝时平阳公主寡居为自己挑选丈夫的故事："是时平阳主寡居，当用列侯尚主。主与左右议长安中列侯可为夫者，皆言大将军可。……于是主乃许之。言之皇后，令白之武帝，乃诏卫将军尚平阳公主焉。"而汉初丞相陈平妻，在嫁给陈平之前已曾五次守寡。"户牖富人有张负，张负女孙五嫁而夫辄死，人莫敢娶。（陈）平欲得之。"（《史记·陈丞相世家》）相类似的事例汉乐府诗歌通过卓文君形象的塑造给予了更为浪漫的表达："凤兮凤兮归故乡，遨游四海求其凰。时未遇兮无所将，何悟今夕升斯堂。有艳淑女在闺房，室迩人遐毒我肠。何缘交颈为鸳鸯，胡颉颃兮共翱翔。凤兮凤兮从我栖，得托孳尾永为妃。交情通体心和谐，中夜相从知者谁。双翼俱起翻高飞，无感我思使余悲。"（《琴歌三首·同前二首》）

有关这段故事的本事，《汉书》中写道："相如饮卓氏弄琴，文君窃从户窥，心悦而好之。乃夜，亡奔相如，相如与驰归成都，后俱如临邛是也。"

"新寡"的卓文君并没有因为自己的寡妇身份而降低对配偶选择的要求。而且在再次选择丈夫的过程中，她首先将两性相悦放在了婚姻抉择的第一位，因司马相如"雍容闲雅"（《汉书·司马相如传上》）而立即选择了与之私奔。

不仅卓文君本人如此，司马相如也在《琴歌》中将文君赞美为"有艳淑女在闺房"，对有过婚史的卓文君并无芥蒂。对寡居女子并无歧视，这一点，在《焦仲卿妻》的兰芝改嫁部分也有所体现。先是"县令遣媒来。云'有第三郎，窈窕世无双'"，后又有"直说'太守家，有此令郎君。既欲结大义，故遣来贵门'"，这当为汉代社会现实的真实写照。同时在文君故事中还可以看出，卓父也并不因为女儿的寡妇身份而降低择婿标准。再看《焦仲卿妻》中刘兄的"先嫁得府吏，后嫁得郎君。否泰如天地，足以荣汝身"的言论，由此可以说，汉代妇女的女性权利虽然与现代意义上的"女权"不可同日而语，但还是能够看出，在汉文化融合多种文化因素的汉代，儒学礼制尚未规范所有的社会层面，"夫为妻纲"的性别统治格局也还没有最终定型，于是有时也存在着"妇人尊贵"的现象，存在着像鲁迅先生曾盛赞的"遥想汉人多少闳放"、"毫不拘忌"[1]的社会文化心理环

① 《鲁迅全集》第一卷《坟》，人民文学出版社1956年版，第300页。

境，这就为女性选择再婚提供了社会基础。

四　婚姻情感观念上的病诟与阙如

与其他任何社会存在一样，汉代女性婚姻情感观念也有其病诟阙如和时代的局限性。这方面以皇室嫔妃为典型。

> 蒲生我池中，其叶何离离。傍能行仁义，莫若妾自知。众口铄黄金，使君生别离。念君去我时，独愁常苦悲。想见君颜色，感结伤心脾。念君常苦悲，夜夜不能寐。莫以豪贤故，弃捐素所爱。莫以鱼肉贱，弃捐葱与薤。莫以麻枲贱，弃捐菅与蒯。出亦复苦愁，入亦复苦愁。边地多悲风，树木何修修。从军致独乐，延年寿千秋。（《又甄皇后乐府塘上行一首》，《玉台新咏》卷二）

由于“众口铄黄金”谗言的关系，君主渐渐疏远了甄皇后，在感情上已经离弃了她。但她却希望能用“莫以豪贤故，弃捐素所爱。莫以鱼肉贱，弃捐葱与薤。莫以麻枲贱，弃捐菅与蒯”来劝说和感化君主，使他重新升起对自己的爱意。由于并不期待自己的感情与君主的感情能有对等性，因此，面对君主的负心，她的态度是把自己放置在弱者、卑贱者的位置上，盼望着君王能够重新垂爱容纳自己。这种奴性的心态，在司马相如为武帝皇后陈阿娇所代言的《长门赋》中更是表达殆尽：

> 夫何一佳人兮，步逍遥以自虞。魂逾佚而不反兮，魂枯槁而独居。言我朝往而暮来兮，饮食乐而忘人。心慊移而不省故兮，交得意而相亲。

在痛苦的昏睡中，她仿佛梦见了君王，尽管他早已经将她捐弃，另结新欢，但她仍然日夜期盼着他的恩情：

> 忽寝寐而梦想兮，魄若君之在旁。惕寤觉而无见兮，魂狂若有亡。众鸡鸣而愁予兮，起视月之精光。观众星之行列兮，毕昴出于

> 东方。望中庭之蔼蔼兮，若季秋之降霜。夜曼曼其若岁兮，怀郁郁其不可再更。澹偃蹇而待曙兮，荒亭亭而复明。妾人窃自悲兮，究年岁而不敢忘。

这种奴性心态在繁钦反映民间女性婚姻生活的《定情诗》中也存在：

> 望君不能坐，悲苦愁我心。爱身以何为，惜我华色时，中情既款款，然后克密期。寒衣蹑花草，谓君不我欺。厕此丑陋质，徙倚无所之。自伤失所欲，泪下如连丝。

第 四 章

汉乐府女性题材的美学价值

• 日出东南隅，照我秦氏楼

《嫦娥奔月》河南南阳县汉墓

美学价值是文学作品作为艺术创造产品的核心内容。在汉乐府女性题材作品中，美学价值集中体现在境界之美、语言之美、悲剧之美和音乐之美四个方面。这是汉代诗歌时代风貌的反映，是诗歌文学体裁的美学特质，同时也是中国古代女性题材文学作品的共通特征。

第一节　境界美分析

这里需要说明的是，意境之说作为中国古代美学思想的一个重要范畴，尽管其出现晚于汉代，肇始于西晋陆机《文赋》、梁刘勰《文心雕龙》，成说于唐宋，明清才有较为系统的阐述，但这并不妨碍我们运用“意境”这一概念对汉乐府诗歌进行思想艺术分析。因为实践先于观念，观念源于实践。作为世所公认的优秀文学形态，人们在欣赏汉乐府诗歌的过程中便会发现，汉乐府诗歌在其创作形成的历史发生当中和《诗》、《骚》一样，已经自觉或不自觉地在追寻情与景、意与境相统一，主客观相熔铸，正如陆机在《文赋》中曾写道的："遵四时以叹逝，瞻万物而思纷；悲落叶于劲秋，喜柔条于芳春"，"诗缘情而绮靡"。所以才成就了汉乐府诗歌特有的艺术魅力和文学价值。因此，要科学地对汉乐府诗歌进行美学阐释，我们就不能不去认识汉乐府诗歌的意境，及其意境独特的、个性化的美学面貌。但有鉴于在汉乐府诗歌产生的时代，事实上"意境"这一美学范畴无论是在创作的实践运用上，还是在文学理论的提炼、总结上，都还处在一个朦胧、自发的阶段。因此，本节在论及汉乐府女性题材诗作已具备了"意境"的某些独特的、个性化的美学面貌时，在文学理论概念的使用上，拟采用"意境"一词的前身"境界"之说，以便于在分析、肯定汉乐府诗歌之美的同时，又区别汉乐府诗歌中"境界"之美，不同于成熟的古典诗歌"意境"之美的时代性特征。

一　自然意象造境艺术

在《易·系辞传》中，先哲曾论道：

> 仰则观象于天，俯则观法于地，观鸟兽之文与地之宜，近取诸身，远取诸物。

汉乐府诗歌以其清新古拙的审美品格，在诗中多借用自然意象来传达人物情思。在女性题材作品中，自然意象与女性形象交相辉映，特别呈现出女性人物之雅美情思与天地之大美的契合。汉乐府女性题材诗歌中的自然意象群，是诗歌境界美首要的构建要素。

1. 云

"云"这一意象，是汉乐府女性题材诗作中最为常用的自然意象之一。如蔡文姬《胡笳十八拍》之"云山万重兮归路遐，疾风千里兮扬尘沙"；汉武帝《秋风辞》之"秋风起兮白云飞，草木黄落兮雁南归"；卓文君《白头吟》之“皑如山上雪，皎若云间月”；《西北有高楼》之“西北有高楼，上与浮云齐”；《行行重行行》之“浮云蔽白日，游子不顾反”；《菟丝从长风》之“日暮秋云阴，江水清且深”；魏文帝《燕歌行七解·同前六解》之“郁陶思君未敢言，寄书浮云往不还”；曹植《蒲生行浮萍篇》之“行云有返期，君恩傥中还”；曹植《当墙欲高行》（《乐府诗集》卷第六十一　杂曲歌辞一）之“龙欲升天须浮云，人之仕进待中人”；曹植《妾薄命行二首》之“携玉手，喜同车。比上云阁飞除”；曹植《杂诗五首》之“太息终长夜，悲啸入青云”；徐干《室思一首》之“浮云何洋洋，愿因通我辞”；徐干《情诗一首》（《玉台新咏》卷一）之“踟蹰云屋下，啸歌倚华楹”等例。

“云”作为中国古典诗歌常见的造境意象，早在先秦时代就已为人们所关注。《诗经》里便多有“云”之意象：

> 出其东门，有女如云。虽则如云，非我思存。（《郑风·出其东门》）
>
> 敝笱在梁，其鱼鲂鳏。齐子归止，其从如云。（《齐风·敝笱》）
>
> 英英白云，露彼菅茅。天步艰难，之子不犹。（《小雅·白华》）

《楚辞》中亦多有采用：

> 飘云屯其相离兮，帅云霞而来御。（《离骚》）
>
> 广开兮天门，纷吾乘兮玄云。（《大司命》）

《诗经》中“云”的意象，大都以云朵漫漫指代“多”之意。而汉乐府《焦仲卿妻》中“交语速装束，络绎如浮云”之“浮云”亦是指代“众多”。而如“英英白云”句，则是以云的飘游无定叹谓人生辛酸，时运艰难了。已经使“云”之意象有了最初的象征意味。

庄子《逍遥游》中有“乘云气，御飞龙，而游乎四海之外”的列子形象。曹植《当墙欲高行》之“龙欲升天须浮云，人之仕进待中人”中“云”之意象的运用，正是继承了庄子的手法，来抒发摆脱人间凡俗之羁绊，接近于对“无待”之境界的神异仙踪的向往。曹植《远游》：“悲时俗之道厄兮，愿轻举而远游；质非薄而无因兮，焉托乘而上浮？”亦见此意。朱乾对此评论道：“若子建诸篇，长往不返，无故乡之思焉。君子谓傅之忧世也切，曹之虑世也深。”①

汉乐府诗歌大都借鉴了《诗·君子于役》“日之夕矣”妇人在怀思时远眺天际的习惯性动作，将屈宋诗中“浮云”的飘移无定，转而用来表现与远行之人的聚散无期。如魏文帝之“郁陶思君未敢言，寄书浮云往不还”；曹植之“行云有返期，君恩傥中还”。这种把属于女性闺阁之思的苦闷，因为与“浮云”的超验的自然意象结合在了一起，便赋予了思妇情怀以超迈的思想境界。

在此需要格外重视的还有《行行重行行》中“浮云蔽白日，游子不顾反”句。早在《楚辞》中，就有“山结玄霄，月延路以增夜”句，将“玄霄”即乌云视作是阻止自己前进的黑暗势力。《行行重行行》便化用了屈原对于“玄霄”意象的用法，以浮云遮蔽住了白日的光辉，比喻游子被外乡的声色所迷，忘记了回归家乡。这里将“云”之意象赋予了负面意义。这种用法非思妇诗中“云”之意象的主流，在汉乐府诗歌中仅此一例，后世诗作中也鲜见此意境之变体出现。但李贺《雁门太守行》之“黑云压城城欲摧”句，却继承了“云”意象的负面含义。

汉乐府诗歌中开始多处使用的浮云游子意象，使其一直延续到了六朝诗歌与唐诗中。在六朝及初唐诗中，“浮云”的自然物象，其主流延续了汉乐府诗歌中漂泊悲凉的象征意味。到了盛唐，经由李白《送友人》中“浮云游子意，落日故人情”之表达方式的总结，“浮云游子”便固定承接了《古诗十九首》借浮云以远思的情怀。

除此之外，在汉乐府诗歌中，“云”之意象还具有营造洁净之境：“皑如山上雪，皎若云间月”（卓文君《白头吟》），悲凉之境：“日暮秋云阴，江水清且深”（《菟丝从长风》）等多重造境之功用，后世诗作对此都有继承和升华。

2. 星汉

星汉意象，也是汉乐府诗歌中多次使用的自然意象之一。这既是汉

① 《三曹资料汇编》，中华书局2005年版，第202页。

代人天文知识及天人感应之宇宙人生观在诗歌作品中的反映，又是汉代诗歌辽阔之美的美学特征的体现。汉乐府诗歌中，使用了“星汉”意象的诗作计有：《圣人出》之“免甘星筮乐甫始，美人子，含四海”；《八公操》(《乐府诗集》卷第五十八　琴曲歌辞二）之“观见瑶光，过北斗兮”；《陇西行》之“天上何所有，历历种白榆。桂树夹道生，青龙对道隅”；《迢迢牵牛星》之“迢迢牵牛星，皎皎河汉女……河汉清且浅，相去复几许”；《暖暖白日，引耀西倾》（《玉台新咏》卷九）之“皎皎明月，煌煌列星”；《孟冬寒气至》之“愁多知夜长，仰观众星列”；《明月皎夜光》之“玉衡指孟冬，众星何历历”；魏文帝《猛虎行》之“与君媾新欢，讬配于二仪。充列于紫微，升降焉可知”；徐干《室思一首》之“蹑履起出户，仰观三星连”；《弃妇诗一首》之“有子月经天，无子若流星。天月相终始，流星没无精”；魏文帝《乐府燕歌行二首》之“明月皎皎照我床，星汉西流夜未央。牵牛织女遥相望，尔独何辜限河梁”；等等。

在汉乐府诗歌中，“星汉”意象使用的突出特点是，统治阶级用天人感应之说，为其玩弄女性、祈求子嗣服务，属精神糟粕。而用于诗歌造境的美学功能则形成思想艺术境界之美。如《陇西行》之“天上何所有，历历种白榆。桂树夹道生，青龙对道隅。凤凰鸣啾啾，一母将九雏”。天人相喻形成诗歌情境的纵深感，使白描式的记述具有浓郁的自然法则意味。

又如《弃妇诗一首》之“有子月经天，无子若流星。天月相终始，流星没无精”。诗歌中设置了动态不同的两种天象之间的对比，用来一一对应人间女性的不同命运。月华的永恒之轮转，光芒的静美、安详、淡定连同其中浓郁的母性审美特征，与流星的短暂、迅速，稍纵即逝和悲剧气质恰成鲜明对照。“流星”意象中光焰的黯淡，生命的短促和结局的悲凉恐怖，为诗歌营造了浓郁的宿命式的悲情氛围，使得诗歌在境界上具有了时空双向度的纵深感和多维度的不可知性，从而把整首诗作哀伤的艺术氛围情景交融的营造了出来。

至于《迢迢牵牛星》的“迢迢牵牛星，皎皎河汉女……河汉清且浅，相去复几许”；《乐府燕歌行二首》诗中“明月皎皎照我床，星汉西流夜未央。牵牛织女遥相望，尔独何辜限河梁”。作为比兴造境的典范，

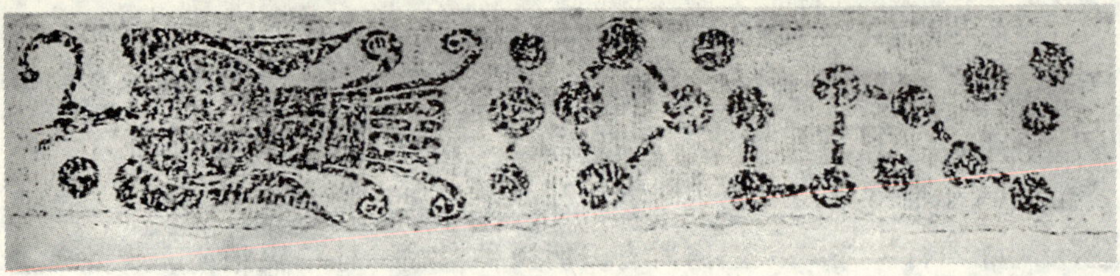

《北斗七星》 河南南阳县西丁凤店

则被我们民族奉为美学符号千载使用，由此足见汉乐府之瑰丽。

3. **月**

与星汉意象相对应，经常出现在汉乐府诗歌中的还有“月”之意象。“月”之意象类同于“云”，多见于文人创作的诗歌中。除了“皑如山上雪，皎若云间月”外，“月”更多出现在古诗十九首中。如《明月皎夜光》之“明月皎夜光，促织鸣东壁”；《孟冬寒气至》之“三五明月满，四五蟾兔缺”；《明月何皎皎》之“明月何皎皎，照我罗床帏”。此外，在建安乐府诗中也多有“月”意象的存在。魏文帝《燕歌行七解》之“短歌微吟不能长，明月皎皎照我床”，“仰戴星月观云间，飞鸟晨鸣声可怜，留连顾怀不自存”；曹植《蒲生行浮萍篇》之“日月不恒处，人生忽若寓”；曹植《怨歌行》之“明月照高楼，流光正徘徊”；等等。

其中，除了《白头吟》中“月”是用其洁白无瑕之意之外，其余诗作中的“月”之意象，都蕴喻着时间流逝、别离聚散；神性的性灵之侣；空明的心灵之镜；澄澈的精神故乡等多重涵义。

从汉乐府诗歌“感于哀乐，缘事而发”的传统来看，月亮的阴晴圆缺，恰和汉代诗人悲欢离合的人生命运联系在了一起。因此所谓“三五明月满，四五蟾兔缺”，就正是自然与人两相映照在创作心灵发生上的反映。而“明月何皎皎，照我罗床帏”，自然景物中有秩序的，往复不休的离合，恰与现实生活里没有尽头的别离，不可预期的团圆之间形成对比映衬。由此看来，苏轼的“人有悲欢离合，月有阴晴圆缺，此事古难全。但愿人长久，千里共婵娟”（《水调歌头·明月几时有》），张九龄的“思君如满月，夜夜减清辉”（《自君之出矣》），白居易的“行宫见月伤心色，夜雨闻铃断肠声”（《长恨歌》）等诗句，都是对汉乐府《孟冬寒气至》等篇章时空流逝、别离聚散的“月”的意象意味的再现和升华。

除了其中的思妇之情往往具有明确的指向对象之外，汉乐府大多数篇目，甚至包括其中的思妇之篇，诗歌中所营造出的，往往都是一个超越了具体感情对象的，直指人生有限与无穷、忧愁与欢乐、来去亲疏、生命周期等抽象复杂的人生命题的多维度多层次的情感境界。因此在诗作中，丰富的自然物象往往成为了诗作境界的主要建构素材。因而“月”这一意象出现在《古诗十九首》当中，主要是与诗人在乱世沉沦之时，渴望寻觅知音，倾吐心中苦闷，求得灵魂的寄托与安慰的心理需求密切结合在了一起。“月”的出现，使得诗人的愁思有了举头应和的对象和抒发的彼岸。如《明月皎夜光》篇里，诗人先是描述了一个月光皎洁、星汉灿烂、白露秋蝉、枯草野鹄、静美清寒、洁净却又孤寂的孟冬深夜。在这境界里，“月”以其圆柔、透亮、温婉、孤独的颇具女性气质的美之光华，成为了诗人心境的外化和诗人在孤寂的苦闷中性灵之音的倾吐对象和神性寄托，从而获得了天涯相知的精神共鸣。明月意象当中的性灵伴侣意味，源自《诗经·陈风·月出》：“月出皎兮，佼人僚兮。舒窈纠兮，劳心悄兮。”方玉润在《诗经原始》中评论此诗：“从男意虚想，活现出一月下美人。”李白《长相思》中“美人如花隔云端”的感受，正是对于源自《诗》发于汉乐府的性灵伴侣却在月华之中之诗情的最好注解。

> 明月何皎皎，照我罗床帏。忧愁不能寐，揽衣起徘徊。客行虽云乐，不如早旋归。出户独彷徨，愁思当告谁！引领还入房，泪下沾裳衣。(《明月何皎皎》)

当代学者胡晓明在《万川之月》中曾经是这样论述这种人心与自然逐渐沟通，从而于无解脱处得到心灵慰藉的诗歌精神结构的：

> 一层层渐近大自然，正是一层层打破壁障，将人类自由心灵，从封闭的自我世界中伸展出来，精神四达并流而不可以止。这就是

乡愁冲动的另一面：提升心灵。[1]

在心灵的提升过程中，人的情感不再只是内心的、孤立的、封闭的存在，相反的，心灵的色彩成为了宇宙自然生命律动的一个部分。尽管知音难觅，乡关难回，但只因为有了明月忠诚的朗照，诗人的情思便不再抑郁、不再孤独，在明月曲高和寡的孤寂与无边黑暗当中，诗人的愁思因之获得了自然的回声，获得了超越物质的、纯精神存在意义上的相知和自由。明月的朗照使得诗歌中的一己穷通之怨顿时具备了游行于天地之间的"人"之精神的普遍意义。从这个角度来看，《明月何皎皎》整首诗作，都是诗人在面对明月，倾吐内心的孤独。因为有了同样孤独之明月的陪伴，诗人的愁思也就找到了心灵之侣伴，整首诗作也因高悬于天际的"月"意象，而呈现出了静美、婉转、流丽而又深沉的醇美境界。

最后，试析"月"意象的澄澈精神故乡意。曹植诗作《怨歌行》中的"月"意象即当为精神故乡意义之"月"在汉乐府诗歌中的代表："明月照高楼，流光正徘徊。上有愁思妇，悲叹有余哀。借问叹者谁？自云客子妻。夫行逾十载，贱妾常独栖。念君过于渴，思君剧于饥……"

"月"以其"隔千里兮共明月"（南朝谢庄《月赋》）的独特时空位置，流光千里的物象特征，成为了夜空下思念之人最恰切的精神寄托和精神乡关。在唐人张若虚《春江花月夜》当中，有和曹诗极为近似的"月"之描写：

> ……白云一片去悠悠，青枫浦上不胜愁。谁家今夜扁舟子？何处相思明月楼？可怜楼上月徘徊，应照离人妆镜台。玉户帘中卷不去，捣衣砧上拂还来。此时相望不相闻，愿逐月华流照君。鸿雁长飞光不渡，鱼龙潜跃水成文。

思妇的灵魂与游子的灵魂在月光的普照下取得了奇妙的感应，月光的灵魂将这两个人类生命的相通之处紧紧地勾连在了一起，再将他们共

---

① 胡晓明：《万川之月》，北京大学出版社2005年版，第6页。

同上升于宇宙生命共有的天真的永恒寂寥。正因为如此，思妇将对于游子的等待外化为了对于月华的恋恋难舍。爱而不得的惆怅，和着沉浸在爱心之中的甜蜜缱绻，以及对于远方无尽无穷的企盼和眺望全都付与了月光。思妇对于游子的纯美思念，因为有了月光在心头的流照，而成为了人心与宇宙自然两相和谐的最浑然显现。人化的宇宙精神和自然化了的人类情怀在“人”与“月”的眷恋中融为一体，思妇所思不再是一己情爱，而是对于人类精神故乡的永恒追慕；月光的朗照也不再只是传情，转而升华为了人类超验的审美范畴里自然的、宇宙的、人的生命深处的精神乡关。崔颢《黄鹤楼》中所谓“日暮乡关何处是，烟波江上使人愁”，所表达的也正是对于这种超越物质、超越实相的澄澈精神故乡的思念。

在此回到曹植《怨歌行》，虽然人类精神与宇宙精神贯通后唐人勃发的、天真入梦的那种向上精神气质在曹植诗歌中还带有建安时代特有的既质朴又清高，既沉郁又幼弱，属于文明顶峰之前的，青春期生命特有的焦躁和浓情。但明月之光流泻在思妇心头，引动思妇脉脉愁思的境界构建，以及明月高楼的诗性境界，流光徘徊的心弦律动，则都意味着诗中的思妇，同样是以知己的月光作为精神寄托。月，也同样是诗人潜意识中的澄澈精神之故乡。

《风、雷、电、闪、雨、虹》山东嘉祥县武氏祠后石室第三石

4. 风

庄子《逍遥游》中对于“风”有过如下描写：

夫列子御风而行，泠然善也，旬有五日而后反。

“风”意象以其流动飘转的飞动之美，成为了中国古代诗歌文化性格的另一个侧面，也是在汉乐府女性题材诗作不同篇目里出现次数最多的自然意象。主要有：《有所思》之“秋风肃肃晨风飔，东方须臾高知之”；班婕妤《怨歌行》之“出入君怀袖，动摇微风发”；《胡笳十八拍》之“云山万重兮归路遐，疾风千里兮扬尘沙”，“日暮风悲兮边声四起，不知愁心兮说向谁是”，“东风应律兮暖气多，汉家天子兮布阳和”，“风霜凛凛兮春夏寒，人马饥尩兮骨肉单”；《董娇娆》之“春风东北起，花叶正低昂”；《焦仲卿妻》之“今日大风寒，寒风摧树木，严霜结庭兰”；《同声歌》之“原为罗衾帱，在上卫风霜”；繁钦《定情诗》之“日旰兮不至，谷风吹我襦”，“日中兮不来，飘风吹我裳”，“日暮兮不来，凄风吹我衿”；《秋风辞》之“秋风起兮白云飞，草木黄落兮雁南归”；《凛凛岁云暮》之“凛凛岁云暮，蝼蛄多鸣悲。凉风率已厉，游子寒无衣”；《西北有高楼》之“清商随风发，中曲正徘徊”；《东城高且长》之“回风动地起，秋草萋已绿”，“鷐风怀苦心，蟋蟀伤局促”；《菟丝从长风》之“菟丝从长风，根茎无断绝”；《行行重行行》之“胡马依北风，越鸟巢南枝”；《孟冬寒气至》之“孟冬寒气至，北风何惨栗”；曹植《蒲生行浮萍篇》之“浮萍寄清水，随风东西流”，“人生忽若寓，悲风来入怀”；曹植《泰山梁甫行》之“八方各异气，千里殊风雨”；曹植《怨歌行》之“北风行萧萧，烈烈入吾耳”；曹植《杂诗五首》之“愿为西南风，长逝入君怀”，“微阴翳阳景，清风飘我衣”，“空室自生风，百鸟翔南征”；魏文帝《于清河见挽船士新婚与妻别一首》之“与君结新婚，宿昔当别离。凉风动秋草，蟋蟀鸣相随”；等等。

在此其中，除班婕妤《怨歌行》篇及《西北有高楼》篇中的“风”之意象是在服务于诗中描写的其他意象的同时，起到烘托主要意象动态的助景作用之外，绝大多数篇目中的“风”意象，都是依据季节、地域等划分的，具有着不同的明确含义。

从季节赋予“风”意象的不同含义来看，春季风代表着青春、美丽、舒展明媚的乐观情绪。如《董娇娆》篇中之“春风东北起”，为诗中的美人娇花构建了和暖的、安全的、宁静的生存空间；春风所造成的“花叶低昂”之动势也是温柔的、富于健美情味的，诗歌的境界因为“东风”意象的引领而具有了明朗流转，移步换景的动态美。春风还可以是和平、喜讯、厄运结束的象征。在《胡笳十八拍》中，反复渲染、哀叹了胡地边风之苦厄之后，“东风应律兮暖气多，汉家天子兮布阳和”句中，“东风”与其说是对自然气象的描述，毋宁说更多的是用“东风”意象所固定附着的象征意义来叹喟文姬本人命运转机的曙光。

但也有例外。《胡笳十八拍》中“风霜凛凛兮春夏寒，人马饥尪兮骨肉单”的描述，则是用胡地塞外春风仍如秋冬之风的凛冽严酷，来强调诗人生命在此受到的创伤和摧残。喻义春风尚且“凛凛”，秋冬之苦更不待言。

与春风正相对应的是，在汉乐府诗歌中更多出现的，是表现负面情绪的“秋风”意象。“秋风”在汉乐府中常被描述为“回风”、“鹍风”、“北风”、“凉风”、“寒风”等，并且与霜露意象连用，强化秋风的色彩之凄清、风力之萧瑟。“秋风”意象中所附着的凄冷寒意，以及给人与自然的生命力造成的损伤，在先秦时代起就已经成为了人们相对明晰的心理感受。在《诗经·郑风·萚兮》中就曾描写道：“秋日凄凄，百卉具腓。”

除此之外，“秋风”意象亦会带给人生命短暂、青春远逝、知音零落、苦寒逼人等诸多负面的思想情绪，在“秋风”这个动态犹强的自然意象中，日甚一日的肃杀凋敝仿佛都是随着秋风一波接一波的侵袭被带来的。“秋风”意象于是成为了“悲秋”主题里最为典型的境界构建要素。宋玉在《九辩》中最早提出了“悲秋”之说：

> 悲哉秋之为气也！萧瑟兮草木摇落而变衰。憭栗兮若在远行；登山临水兮送将归。泬寥兮天高而气清；寂漻兮收潦而水清，憯凄增欷兮薄寒之中人。

在《九歌·湘夫人》中，“悲秋”的核心意象也即是“秋风”：

> 袅袅兮秋风，洞庭波兮木叶下。

由于以秋描述自然世界的生命节律之变化，汉乐府诗歌中“秋风”意象更多承载的，是其所引起的人心灵节律的变调，所引发出的有关悲怆、乡愁、孤寂；有关生死、有关人生价值实现等诸多的带有浓郁女性悲悯情怀的伤痛感受。如《焦仲卿妻》之“今日大风寒，寒风摧树木，严霜结庭兰”，明写秋风的寒气摧折草木，暗指主人公的精神寄托和生命力量都要随着凋敝的节令而终结。又如《凛凛岁云暮》之“凛凛岁云暮，蝼蛄多鸣悲。凉风率已厉，游子寒无衣”。思妇感受到秋天的凉风已厉，以己度人，想到了游子没有御寒之衣，却将如何过冬度岁。秋风在思妇的心中引发了由此及彼的愁绪，由自己的内心感受触发了对于对方内心感受的领悟，从而将秋风造成的寒冷孤寂从外在的“无寒衣”转化为了内心情感上的孤寂共鸣、惺惺相惜。

在魏文帝的“与君结新婚，宿昔当别离。凉风动秋草，蟋蟀鸣相随”中，“秋风”意象更全然转化为了思妇内心对于人生欢爱别离、精神归宿的失落之寂寥。“秋风”在此处不再是自然意象，而已经成为了一个饱满完整、灵魂鲜明的诗歌境界。在此对照《红楼梦·秋窗风雨夕》一诗中的秋色描写，就可以充分感知文帝诗歌中这种由自然意象深化而成的心灵境界：

> 秋花惨淡秋草黄，耿耿秋灯秋夜长。已觉秋窗秋不尽，那堪风雨助凄凉！助秋风雨来何速？惊破秋窗秋梦绿。抱得秋情不忍眠，自向秋屏移泪烛。泪烛摇摇爇短檠，牵愁照恨动离情。谁家秋院无风入？何处秋窗无雨声？罗衾不奈秋风力，残漏声催秋雨急。连宵脉脉复飕飕，灯前似伴离人泣。寒烟小院转萧条，疏竹虚窗时滴沥。不知风雨几时休，已教泪洒窗纱湿。

联系到脂砚斋后来读到了《红楼梦》残稿中，凤去台空的潇湘馆之景色是“落叶萧萧，寒烟漠漠”，可以看出《秋窗风雨夕》里饱含了林黛玉对于自身凋零命运的预感。在《红楼梦曲》中，早有“堪破三春景不长”之说，惜春判词上又道：“说什么天上夭桃盛，云中杏蕊多；到头来，谁把秋捱过！”

黛玉敏锐地觉察到，自己和群芳于大观园中春梦般的生活并非是恒久不变的。恰恰相反，与大观园生活的“萧疏”在当下就已经开始。而自己怀有的洁净精神追求，正望断天涯，不见香丘；超越樊篱的诗性追求难免被“秋风”所摧残。这正是“谁家秋院无风入？何处秋窗无雨声”的深层含义之所在。由此，则《于清河见挽船士新婚与妻别一首》篇中“凉风动秋草”句，“凉风”所动的不当仅是思妇眼中的“秋草”，而实是诗人自身秉有的拳拳爱心。

除了用季节来界分“风”意象的感情色彩之外，汉乐府诗歌中亦用晨昏概念来赋予“风”意象不同的思想内容。其中日暮时分的“风”多见于诗作中，其所承载的情感内容类同于“秋风”。对于日暮时间节点上“风”意象分析最为仔细的当属繁钦《定情诗》中之“风”：

> 日旰兮不至，谷风吹我襦。
> 日中兮不来，飘风吹我裳。
> 日暮兮不来，凄风吹我衿。

“日旰”指天色渐晚，“谷风”则借用《诗·卫风·谷风》之典：“习习谷风，以阴以雨。”朱熹《诗集传》中解这两句：“比也。习习，和殊也。东风谓之谷风……言阴阳和而后雨泽降，如夫妻和而后家道成。”

用“以阴以雨”来描绘“谷风”，正说明“谷风”造成了阴雨连绵的天气，谷风所带来的，是风雨如晦的悲剧色调，凄苦哀伤的情感氛围。《定情诗》中将日暮时分、谷风习习两个意象配合使用，“谷风”便在此获得了比《诗经》中失望哀伤之情怀更为浓重的悲剧境界。

与日暮之“风”所饱含的凄凉之情恰成对照的，是“晨风”中所蕴含的感情往往更为凄烈决绝。如《有所思》中：“秋风肃肃晨风飔，东方须臾高知之。”

据《辞海》解：“飔，凉风，疾风”。①晨风，以其清寒、迅疾洗去了夜晚带给人的幻想、梦寐，以及漫长的轻盈的思绪和因夜幕隐藏而产生的安全感，将生活复归到明白的、清醒的、时不我待的真实当中。因此，“晨风”里所蕴含的，往往是更为极端的，痛彻心腑的绝望情绪。柳永《雨霖铃》词中名句“杨柳岸，晓风残月”，即是“晨风”情感意

① 《辞海》，上海辞书出版社 1999 年版，第 1009 页。

味的最精当阐释。

5. 霜露

与“风”意象联结出现在汉乐府女性题材作品当中的经常还有“霜露”意象。如《董娇娆》之“高秋八九月，白露变为霜”；《焦仲卿妻》之“今日大风寒，寒风摧树木，严霜结庭兰”；秦嘉《人生譬朝露》（《玉台新咏》卷一）之“人生譬朝露，居世多屯蹇”；魏文帝《燕歌行七解》之“秋风萧瑟天气凉，草木摇落露为霜”；魏明帝《燕歌行七解》（《乐府诗集》卷第三十二　相和歌辞七）之“白日晼晼忽西倾，霜露惨凄涂阶庭”；曹植《妾薄命二首》之“客赋既醉言归，主人称露未晞”；曹植《杂诗五首》之“始出严霜结，今来白露晞”；等等。

“霜露”意象最早出现在《诗经·秦风·蒹葭》当中：

> 蒹葭苍苍，白露为霜。
> 蒹葭凄凄，白露未晞。
> 蒹葭采采，白露未已。

“白露”是随着清晨浓重寒意凝结的霜，又在升起的阳光下融化消失。“霜露”意象带给人的是关于生命短暂、孤寂、清冷与高洁的审美感受，早在《诗经》中就已经具有了鲜明的美学符号含义。在汉代乐府诗歌《薤露》中，这一点得到了正式确认：

> 薤上露，何易晞！露晞明朝更复落，人死一去何时归。

薤露的晶莹美丽和转瞬即逝，又出现在秋晨的万物肃杀当中，最易使人联系到人生之苦短、功业之难就和知音之难觅。薤露日复一日地重复出现，又特使人对照出红颜易改，人生青春的永不复归，从而更添感伤。汉乐府诗歌中出现的“霜露”意象，其基本的情绪基调和境界概莫如此。“霜露”意象的冷色调，往往是中国古代诗歌构景设意的重要材料。

6. **生物意象**

有兴味的是，汉乐府女性题材诗作中的生物意象，上接《诗》风并大大扩展，承载了更多的比兴、象征、审美符号等造境意义。由此也就成了研究汉乐府诗歌题中应有之部分。

鹄

“鹄”意象在汉乐府女性题材诗作中有三处出现：《艳歌何尝行》中：“飞来双白鹄，乃从西北来。十十五五，罗列成行。妻卒被病，行不能相随。五里一反顾，六里一徘徊。吾欲衔汝去，口噤不能开；吾欲负汝去，毛羽何摧颓。乐哉新相知，忧来生别离，躇踌顾群侣，泪下不自知。”《西北有高楼》中“不惜歌者苦，但伤知音稀。愿为双鸿鹄，奋翅起高飞”；魏文帝《于清河见挽船士新婚与妻别一首》中“愿为双黄鹄，比翼戏清池”。

据《辞海》解：“鹄即‘天鹅’。”[①]在欧洲的古代传说当中，鹄即为忠贞爱情的象征之鸟。如芭蕾舞剧《天鹅湖》，就取材于俄罗斯古老的民间传说。不独欧洲，在古代中国，“鹄”也同样是忠贞爱情之象征物。上述三首汉乐府诗歌中出现的“鹄”意象，都为抒写情爱深致之理想。《天鹅湖》与汉乐府有千年之隔，对比之下，就可见我们民族艺术神智天启之早之慧了。

《五鹄》河南南阳市卧龙区王庄墓

① 《辞海》，上海辞书出版社 1999 年版，第 408 页。

鸳鸯

“鸳鸯”意象是古代诗歌中象征爱情的核心物象。早在《诗经·小雅·鸳鸯》篇中，就有用“鸳鸯”意象起兴来祝贺新婚的例子：

> 鸳鸯于飞，毕之罗之，君子万年，福禄宜之。鸳鸯在梁，戢其左翼，君子万年，宜其遐福。

在汉乐府女性题材诗作中，用“鸳鸯”意象的主要有：《相逢行》之“入门时左顾，但见双鸳鸯。鸳鸯七十二，罗列自成行”；《琴歌三首》之“何缘交颈为鸳鸯，胡颉颃兮共翱翔”；《焦仲卿妻》之“中有双飞鸟，自名为鸳鸯。仰头相向鸣，夜夜达五更”；《客从远方来》之“文彩双鸳鸯，裁为合欢被”；《南国一树桂》之“南山一树桂，上有双鸳鸯。千年长交颈，欢爱不相忘”；魏文帝《秋胡行四解》之“双鱼比目，鸳鸯交颈”；等等。

晋人崔豹在《古今注·鸟兽》篇中解“鸳鸯”道：

> 鸳鸯，水鸟，凫类也。雌雄未尝相离，人得其一，则一思而死，故曰匹鸟。

《搜神记·韩妻》篇中也记载道：

> 大夫韩朋，其妻美，宋康王夺之。怨，王囚之。遂自杀。妻乃阴腐其衣。王与之登台，自投台下，左右揽之，衣不中手而死。遗书于带曰：“愿以尸还韩氏，而合葬。”王怒，令埋之二冢相对，经宿，忽有梓木生二冢之上，根交于下，枝连其上，有鸟如鸳鸯，雌雄各一，恒栖其树，朝暮悲鸣，音声感人。

明人李时珍《本草纲目》中亦论“鸳鸯”：

> 终日并游，有宛在水中央之意也。或曰：雄鸣曰鸳，雌鸣曰鸯。

也有说法认为“鸳鸯”二字实为“阴阳”二字谐音转化而来，取鸳鸯鸟“止则相偶，飞则相双”（《永乐大典》残卷第十六辑）的习性。

由此看来，“鸳鸯”意象出现在汉乐府诗歌当中，是说明了汉代人对爱情婚姻要以感情为基础的思想已有了最初的质感的认识。所以才把《焦仲卿妻》写得那样凄婉动人，才给予了兰芝、仲卿无限的同情和崇高的敬意。

香草

香草意象的诸多应用，是汉乐府女性题材诗作对《诗经》、《离骚》香草美人传统的直接继承和发展。如《江南》之“江南可采莲，莲叶何田田”；《饮马长城窟行》之“青青河畔草，绵绵思远道”；《董娇娆》之“洛阳城东路，桃李生路傍。花花自相对，叶叶自相当。春风东北起，花叶正低昂”；《冉冉孤生竹》之“冉冉孤生竹，结根泰山阿……复彼蕙兰花，含英扬光辉”；《秋风辞》之“兰有秀兮菊有芳，怀佳人兮不能忘”；《兰若生春阳》之“兰若生春阳，涉冬犹盛滋”；《庭前有奇树》（《玉台新咏》卷一）之“庭前有奇树，绿叶发华滋。攀条折其荣，将以遗所思”；《青青河畔草》之“青青河畔草，郁郁园中柳”；魏文帝《猛虎行》之“梧桐攀凤翼，云雨散洪池”；魏文帝《秋胡行四解》之“芙蓉含芳，菡萏垂荣。朝采其实，夕佩其英”；等等。

在这些诗作中，入诗的“香草”意象包括莲花、桃李、兰、菊、柳、梧桐等。总起看来，这些“香草”意象在诗作中出现，主要是为了渲染美好的情怀。

黑格尔在《美学》一书中曾说过：

> 东方所强调和崇拜的往往是自然界的普遍的生命力，不是思想意识的精神性和威力，而是生殖方面的创造力……更具体地说，是对自然界普遍的生殖力的看法是用雌雄生殖器的形状来表现和崇拜的。①

诚哉斯言，在汉乐府诗作中确如黑格尔指出的那样，“香草”意象

① ［德］黑格尔：《美学》第三卷 上册，商务印书馆1996年版，第40页。

的应用也是具有自然崇拜和性崇拜的特征的。其中以“莲”的意象尤为典型。中国诗歌史表明“莲”以其涵盖了女性、性爱、多子（莲子众多）等多重有关生育繁衍的吉祥意义而成为了佛教在中国盛行之前诗歌中广泛使用的美艳意象。但当佛教以“莲”谐“怜”音，并以莲花亭亭净植的出尘之美和神性风姿将“莲花”意象净化、提纯为了清净智慧的象征之后，隋唐起诗歌中出现的“莲”之意象，就转而更多地蕴含了女性美中慈悲高华的精神意义。因此《江南》等汉乐府诗歌中“莲”的意象在后世的解读中也就更多地呈现出了超越“生育”需求的，繁华落尽的美学风貌。

二　空白、简练的造境艺术

清人王夫之在《古诗评选》中说道：

> 惟此窅窅摇摇之中，有一切真情在内，可兴可观，可群可怨，是以有取于诗。然因此而诗则又往往缘景缘事，缘以往缘未来，经年苦吟，而不能自道。以追光蹑影之笔，写通天尽人之怀，是诗家正法眼藏。

中国文化从先秦时代开始，就将人之生命置于生生不息的宇宙大环境之中加以体悟。而中国文化中“宇宙”时空的“太虚”本质，鸿蒙空相，又成为了中国文化中天人之奥妙的最终归宿之所在。因此落实到诗歌等文学作品的创作时，宇宙间种种“可兴可观，可群可怨”的“真情”，便成为了诗歌情之所寄，意境所肖了。汉代乐府诗歌作为直接继承了先秦以来思想传统，并初步萌生了文学自觉意识的文学作品，其中蕴含的空白、简练的境界之创造，尽管尚显粗朴混沌，却亦是老庄宇宙观之质直而不无机巧的化现。

叙事的跳跃预留出的空白在汉乐府叙事性作品中也较为常见。部分诗作在叙事时，不仅对起承转合等一般意义上的内容加以空白跳跃，甚至诗歌中事件的起因、经过、结果等重要内容，也往往采取跳跃、省略的办法加以处理。这种省略、跳跃造成的“空白”赋予了诗歌艺术以独特的富有张力的境界之美。

在《上山采蘼芜》篇中妇人遇到“故夫”是在下山途中。可以想见的是，在“下山逢故夫。长跪问故夫”两句之间，曾经的夫妇两人已经在巧遇中有了初步的交流。或者，故夫在言行中表现出了对于妇人的留恋；或者，故夫因为心有所愧，所以甚至不敢正眼去看妇人。从后面的对话中可以看出的是，诗中的妇人是位心气甚高，自尊颇强的刚烈女子。因此设若偶遇时“故夫”端出的是一副弃若敝屣的不屑态度，则妇人是断然不会追上去强问他“新人复何如”的。诗歌在此处省略去了二人最初的言行情节，而于诗歌核心问答的开始之前，已经活画出男子的胆虚、气馁与女子的痛切之气。

在诗歌省略形成的“空白”当中，诸如对话的具体言辞里所表达不出的弦外之音；人物潜在的气势对照；原本亲密的夫妻关系，在经历了离异和“新人”之后各自内心的沧桑之感；两人重逢时不知从何处说起的怅惘之情；以及原本亲密关系中残存的亲近之感；人事变幻之后两人心中各自的戒备和陌生感；眼神的对视、交流；体态动作里的尴尬、不安；以及两人心理层面的强弱对比等，全包容在“下山逢故夫”与“长跪问故夫”之间短暂却又意味深长的省略之中。诗歌里含而未发的“云气”，正蕴含于这段充满了无限可能性的生活场景空白之中。

正因为有了这样高度艺术化的空白，才使得妇人的追问不再只是停留在捍卫自身的情感权利，或者试图从“故夫”的痛悔中得到心理的平衡。相反的，诗歌因此而具有了更丰富的纯精神层面的可能性，读者读至此处，会借用自己的人生经验，为诗歌的空白之处补进充分个人化的又同时具有更大普遍性的色彩和动态，从而使得诗歌的故事更加可信，境界因之而更加缠绵深沉，不可用常情、常理去测。诗歌的思想内容因此而具有了抽象的普遍价值，诗歌的审美体验也因“空白”造就的“意料之外，情理之中”的不确定性而幻化出了异样的多味的美感。

关于造境的省略形成的空白，《老子》第四十一章曾经言道：“大音希声，大象无形。”元人汤垕在所著的《古今画鉴》一书当中，对于中国山水画的“留白”艺术特点有过如下解读：

林间阴影，无处营心，山外清光，何从着笔？空本难图，实景

> 清而空景，神无可绘，真境逼而神境生。位置相戾，有画处多属赘疣，虚实相生，无画处皆成妙境。

中国山水画在建构意境时所采用的吸纳宇宙空灵、无形气韵，在有笔墨处，即实处求法度，在无笔墨的虚空处求神理，而妙境正在无画的空白处之美学品格，正合老子“大象无形”之见。苏轼在《文与可画墨竹屏风赞》一文中又曾言：“诗不能尽，溢而为书，变而为画。”可见诗画之间，艺理原本相通。诗歌在造境之时，通过突出核心物象，省略其余，甚至对核心物象也仅取其神韵而弃其形骸，恰恰能够达成“超以象外，得其环中”（严羽《沧浪诗话》），追摄物象之神韵从而传达诗歌妙境的大美境界。

在汉乐府诗歌当中，虽然绝大多数作品在境界营造之手法上尚未锤炼出如此成熟的富有美学创造力的造境技巧，但在其中的部分篇目当中，已经可以看出这种物境取舍的端倪。部分篇目甚至已经颇为传神地运用了“大象无形”之法，构建出了美学品格超逸而美感逾千年不减的“神品”。这其中，首推《李延年歌·北方有佳人》。

据《汉书·外戚传》载：“李延年，性知音，善歌舞，武帝爱之。尝侍上起舞而歌。延年后为协律都尉。”“孝武李夫人，本以倡进。初，武帝爱其兄延年。平阳主因言，延年有女弟，帝乃召见之，实妙丽善舞，由是得幸。”关于《李延年歌》的创作过程，《汉书·外戚传》云：“初，（李）夫人兄延年性知音，善歌舞，武帝爱之。每为新声变曲，闻者莫不感动。延年侍上，起舞歌曰：‘北方有佳人，绝世而独立。一顾倾人城，再顾倾人国。宁不知倾城与倾国？佳人难再得！’上叹息曰：‘善！世岂有此人乎？’”

一曲辞曲歌舞能让拥有众多佳丽的汉武帝生出对歌中之人的向往之情，可见此诗歌在艺术上的成功。这首诗歌在造境上深味“得鱼忘筌”之道，以简到极处的造境手法获得了“空纳万境”的极致之美妙。

诗歌起句平实，一无渲染铺垫，仅仅道出北国有一佳人，意蕴却非同凡俗。来自楚地的刘氏皇族，看惯了南国娇丽。以“北方”二字领起，道出了北国之粗犷茫远与佳人丰神之间的联系。北国之景不见，佳人容颜不见，悬念叠生。“绝世而独立”句相比较开首句，意象之简略和指向的模糊甚至已经成为了欣赏“黑洞”。承接《诗·蒹葭》之“所谓伊人，在水一方”之意蕴，将“佳人”的美丽，用最大限度的外境淡化、模糊化和冷色调，突出强调得无以复加。

那么“佳人”何以“绝世而独立”。这其间的因果关系无疑具有众多的可能性。或是这位佳人性灵高洁，不屑与众伍；或是佳人原本身份高贵，无人可以匹配企及。从更抽象的层面来解读，颇有高古时代“女神”、“母神”的意味。端庄不可亵玩，凝重却又饱含浓情。包含着时代环境、人生际遇、具体时空节点的意象，在诗歌中完全空缺。就好像一位丰神隽永的神女独立于一片鸿蒙大荒之中，四周的无限模糊反而愈发衬托出了她的精妙和唯一，反而使人不由得于梦寐般的幻境中对之升起浓烈的思慕之情。对于“佳人”之美，李延年的歌颂也是出人意表的。不同于《诗·硕人》的精细之工笔描摹，李延年在此从虚处着笔，采用了高度的从侧面烘托的手法和夸张，极避实体。“一顾倾人城，再顾倾人国”。类同《陌上桑》：“行者见罗敷，下担捋髭须。少年见罗敷，脱帽著帩头。耕者忘其犁，锄者忘其锄。来归相怨怒，但坐观罗敷”的写作手法，但则更见奇崛。只要“佳人”对守卫城垣的士卒瞧上一眼，便可令士卒弃械、城垣失守；倘若再对驾临天下的人君瞧上一眼，更会带来亡国灭宗的灾祸。佳人的顾盼之美，由此可见美到极致。

然而，更见“正法眼藏”的是，“倾国倾城”的具体过程，在诗中则全然略去不提，只是通过佳人对城、对国巨大的影响力，将佳人惊世骇俗的奇美交由诗歌接受者去作审美体验和想象，再次放大了“佳人”之美。

正因为上文中佳人“无象”的神美已经达到了极致，所以诗歌的结尾却突然一转，转为深切的惋惜之语：“宁不知倾城与倾国？佳人难再得”。再一次加重了“佳人”与“倾国倾城”之间的冲突。“佳人”之美与“倾国”之难在此，几乎转化成为了对于诗歌接受者的一种威胁，两者之间的力量抗衡再次达到了剑拔弩张的境地。“宁不知倾城与倾国”似乎是在告诫人君，记取倾城、倾国的古鉴，不可为“佳人”所误，让悲剧上演在汉祚长安。但接着一句却又故作取舍：“佳人难再得”。纵然是倾城、倾国，获取佳人的良机却是世所难逢、不可再得。这句一出，联系到上句中接受者已经在想象中衡量了自己真真切切的家国，因此在对于家国的捍卫之心与对“佳人”的恋慕之情对比上，“家国”的真切反而使得“佳人”的飘渺之美越发浩淼。再一次强调“难再得”，佳人的绝美便于无形中顿时被放大了百倍。以一完全抽象的“美”，竟能使处于蒸蒸日上的大汉王朝一朝倾颓，则此“美”的绝大力量，简直是令人失魂落魄了。诗歌里愈是强调佳人之不可近，便愈见其美；而愈是惋惜佳人之难得，就愈能促人不忍忘怀，又自恨无缘了。难怪武帝听完此歌，会发出“世岂有此人乎”的喟然叹息了。这样一个使人在痴狂在追慕想象中的“佳人”的情境，正是汉乐府诗歌在艺术境界构建中，由物象之简省，而承示出“空白”之美的最高典范。

三　精神指向模糊的造境艺术

在汉乐府女性题材作品中，特别是在《古诗十九首》女性题材作品当中，运用诗歌精神指向的模糊性来营造美学境界的手法，是汉乐府诗歌的又一艺术特色。《古诗十九首》中的众多篇目，都于“游子思妇”之内蕴含了作者多层次、多维度的精神呼唤。诗歌的境界也由此而超越了单纯思妇诗的“象”之层级，具有了朦胧多义的“境”之扑朔迷离之美。

如《西北有高楼》：“西北有高楼，上与浮云齐。交疏结绮窗，阿阁三重阶。上有弦歌声，音响一何悲。谁能为此曲，无乃杞梁妻。清商随风发，中曲正徘徊。一弹再三叹，慷慨有余哀。不惜歌者苦，但伤知音稀。愿为双鸿鹄，奋翅起高飞。”

慨叹着“何不策高足，先据要路津”（《古诗十九首·今日良宴会》）的汉末文人，面对的是君门海深、宦官当道的苦闷时代。因此文人在《古诗十九首》中的核心自我意象，就是彷徨中路的失意人。正因如此，其诗歌中借助游子思妇之情，所传达出的，往往是渴望建功立业，实现人生理想，追寻性灵知音，渴求清明政治，塑造完善人格，拥有健康生活等多重精神取向。在《西北有高楼》中，这种在多重苦闷中独自徘徊的“伤心客”之心，被寄托在了高楼望断的“杞梁妻”身上。由此，她所弹奏出的知音难觅、慷慨余哀，便无不具有了丰富的意旨，同时也就赋予了诗歌恍兮惚兮，飘摇无踪的幽深邈远之境。

正因为精神指向的朦胧多义，所以诗歌的情境，从一开始就是梦幻式的：从西北方向，隐隐传来铮铮弦歌之音。诗人寻声而去，抬头蓦然见有“高楼”矗立眼前。这高楼是那样堂皇，而且在恍惚之间又很眼熟：“交疏结绮窗，阿阁三重阶”巍峨楼影，分明耸入飘忽“浮云”之中。

明人陆时雍在《古诗镜》中指出《古诗十九首》的艺术特点为：“情动于中，郁勃莫已，而势又不能自达，故托为一意、托为一物、托为一境以出之。”是恰切的，也符合《西北有高楼》诗意的实际。“高楼”之云，全从虚念中突兀而起，无比无群。而且“浮云”缥缈，呈现出奇幻之景，完全是诗人精神指向的外化。“谁能为此曲，无乃杞梁妻”中的“杞梁”，即杞梁殖。传说他为齐君战死。崔豹《古今注》中记载：他的妻子悲恸于“上则无父，中则无夫，下则无子，人生之苦至矣”，乃“抗声长哭”竟使杞之都城为之倾颓。诗人将一“悲”字，加之于这位颇似“杞梁妻”的弹琴女子，同时也就将自身无限之伤情尽赋予了她指端的“音响一何悲”了。

对于琴声意蕴的描写，最能凸显出这首诗歌朦胧多义的境界构建特征。“清商随风发，中曲正徘徊”句中，悲弦奏到“中曲”，渐渐舒徐迟回，似白居易《琵琶行》中“幽咽泉流水下滩”、“冰泉冷涩弦凝绝”之境，无限意味，既来自歌者，更来自欣赏者，来自诗人自身在审美过程中寄于其中的个人精神气质和情之所托。琵琶女的歌声已经不再只是为了“商人重利轻别离”、“似诉平生不得志”的一己之闺怨，而是附着了诗人更加广博的悲悯情怀，着落上了“同是天涯沦落人，相逢何必曾相识”的况味。

与《琵琶行》相似的是，《西北有高楼》所呈现的，也是文人聆赏下、解读下、再现后的思妇之弦歌。因此逆而推之，就可以看出，与白居易相似的是，古诗的作者，也已经在自觉或不自觉中对于“杞梁妻”的悲歌进行了一番来自自己内心的重新解读。又正因为作者在此处从主观愿望出发，确是想要认真聆听、解释、理解、同情、抚慰、传达弦歌中思妇那令人断肠的思路，在诗人的主观上并未企图以己所思取代思妇之思。因此，诗歌呈现出了一种双重，甚至是多重情感线索复沓交叠、共同附着在悲歌当中，随之婉转，就之遐思的精神面貌。

诗歌中的意象以及意象之凑泊，因此获得了一种深不可测、难以琢磨的灵动之美。

在“一弹再三叹，慷慨有余哀”句里，和着琴韵叹息的，不只是抚琴坠泪的妇人，更是余哀慷慨、不可断绝的诗人。所谓余哀，是妇人之哀，更是诗人之哀。“不惜歌者苦，但伤知音稀”句里，歌者的痛苦在诗人的复述当中被深化、放大为了一种深切的、广大的，当下普遍拥有的共通情感，即世间的“知音”，原本稀少难觅。这高楼妇人的苦痛，即使借助琴曲吐露，也是枉然。不仅歌者的知音之叹得不到回应；诗人也正是因为知音难觅，才会为此悲歌而深深触动。进而言之，正是因为妇人之音唱出了时代之音里下僚文人共同的悲叹，这首诗歌的境界才因之而显现出了其深意和广博。只要身处那个时代，或者了解那个时代文人的境遇，诗歌的接受者都会在阅读、品鉴当中体味出诗句所具有的普遍意义上的审美内涵和境界。也正因为诗歌接受者可以感诗人之所感，诗歌中的悲音之美、悲境之美才能浸润人心，得到普遍的认同乃至共鸣。

再进而言之，也正是因为这种知音难觅的人生体验并非一朝一代、一时一地的人们所独有，诗歌中“不惜歌者苦，但伤知音稀”的深沉悲凉之叹，才会在历代读者的心灵中不断再现时被赋予无限丰富的境界之美感。至此“歌者”一己的悲愁，诗歌朦胧多义的精神指向，便被最大限度地分化了。或者说，正是因为诗歌精神指向的模糊多义，才使其具有了恒久的艺术感染力。

《西北有高楼》朦胧多义的精神指向所造就的境界朦胧之美，也鲜明地体现在诗歌的结句当中：“愿为双鸿鹄，奋翅起高飞”。首先，是谁人在“愿”。是思妇，还是诗人。其次，愿与谁“高飞”。是思妇愿与游子，还是诗人愿与思妇；或是思妇愿与想象当中的精神寄托，诗人愿与天地间的落拓士人；更或者，是一种没有明确所指对象的，人类精神渴望解脱、飞升的纯粹性灵之愿。诗歌的境界，在此可以变幻出浮云白日、日暮乡关、金风玉露、天涯毗邻、空山新雨等色调不同，景深各异的旷远之境。而究其百变之幻境，却终难逃无边寂寞和伤情。清人吴淇在《六朝选诗定论缘起》中称《古诗十九首》中“惟此首最为悲酸”，当是的论。

四 时空观照中的境界美

在汉代，人们的时空观念已经是一个包含了空间观念上的六面延伸和时间观念上的过去、现在、未来纵深的立体宇宙。《淮南子·齐俗》论述道：“往古来今谓之宙，四方上下谓之宇。”汉代乐府诗歌也正是基于这样完整浑融的宇宙意识，来建构诗歌内部时空观念中的美学境界的。

相比较原创性思想观念争相发轫的先秦时代和士人们开始自觉地破除“名教”之累，自觉地寻求属于个体生命性灵存在的魏晋六朝，汉代人的思维方式和精神追求都是相对平和安详的。体现在汉乐府诗歌中的时间意识，既不再会有孔子“逝者如斯夫，不舍昼夜”（《论语·子罕第九》）的纯理性高度的“宙”的悲叹；又还没有进入到陶渊明“实迷途其未远，觉今是而昨非”（《归去来兮辞》）的对生命内部时间节奏的深度反思。

汉代乐府诗歌里体现得更多的，是人基于直觉与感情，对于流泻不止的时光之水，下意识的叹惋和惆怅。这一点，在女性题材作品当中又因为女性特有的长抒情而拙思辩的心理特征而呈现得尤为明显。因而在这些诗歌中，也就呈现出了时间的流逝所带来的舒缓绵密、情深不殆的淡远况味。

如繁钦的《定情诗》，描写了女主人公对于情郎无尽追忆的全部时间过程。从“我出东门游，邂逅承清尘”两人初次偶遇，其后便开始了约会。在两人“时无桑中契，迫此路侧人”的秘密欢会中，男子先是为了表达对女子的渴慕，赠送给她“绾臂双金环”；后来恋之愈深，为表欢爱之深浓，又赠她“约指一双银”；两人的感情逐渐如胶似漆，男子就继续赠送她“耳中双明珠”、“香囊系肘后”；当感情更加深入，需要互相立下不离不弃的誓言之时，男子赠送了她“绕腕双跳脱”以表信誓；为了让她不至怀疑自己的真诚，又再一次赠了她“珮玉缀罗缨”；这之后两人的爱恋越发火热，男子又先后赠送给了她“素缕连双针”、“金薄画搔头”等亲密之物来抒发缠绵；然而这种没有婚姻保障的欢爱关系是难以持久的，男子终于决定停止这种刺激，欢情慢慢冷却下来了。但是为了安慰女子，他还是赠送了她“耳后玳瑁钗”，好让她相信下次欢会为期不远。

再次约会的日子终于来到了。男子约了女子在“东山隅”相见。然而直到“日旰”傍晚，他也没有出现。女子只能“涕泣起踟蹰”，忍悲离去。下一次男子约她在“山南阳”，却又再次爽约，女子再次于苦苦等待中熬过整整一天。第三次、第四次都是如此。男子说了要来，却总也不来，女子只有每每空赴约期，以泪洗面。到了此时，女子终于恍悟，她的情郎“爱身以何为，惜我华色时，中情既款款，然后克密期”，只是为了一时玩弄她，根本没有对她付出真心。而自己呢，事到如今，却只能落个孤单、无依无靠，就连想找回欢恋之前的宁静生活也不能了。诗歌的最后，是女子沉浸在苦痛中，回忆往事，心凉如水。“厕此丑陋质，徙倚无所之”，“自伤失所欲，泪下如连丝”。那些欢乐和焦灼都随着时间的推移和华色渐失而渐渐走远了。

在这首诗歌里，时间的延续与人物的生命节律、情感节奏完全一致。在时间之境的纵深里绵密地安置进了诗歌情感叙事的纵深和女子对于生命运动体验的纵深，从而使得诗歌的时间与诗意呈现出了一种丝丝入扣的契合之美。虽然没有俯仰中时间在诗人笔下变形的力度，但这种自然时间与人的自然情感熨帖的配合，却正是汉乐府女性题材诗作时间描写特色之所在。

在中国古代文化当中，空间的最基础概念是“太虚”。《庄子·知北游》中描述道：“是以不过乎崐仑，不游乎太虚。”张载在《正蒙·太和》篇中也解释过“太虚”的概念：“太虚无形，气之本体，其聚其散，变化之客形尔。”

“太虚”即人类生命所处的空间，是一个没有界限、没有边缘，充塞着氤氲生气而又本体虚空的鸿蒙空境。正因为空间本“虚”，因此中国哲学、中国艺术的空间观念，从根本上是散点观照式的。即在艺术作品中，呈现出的空间观念有焦点观照的成分。其身后，却也定然有一个更为宏观的散点观照视角作为依托。这一点，在汉乐府女性题材作品当中即有所体现。

焦点观照产生的境界。《董娇娆》一诗中的视角就是相对典型的焦点观照：

洛阳城东路，桃李生路傍。花花自相对，叶叶自相当。春风东北起，花叶正低昂。不知谁家子，提笼行采桑。纤手折其枝，花落何飘飏。请谢彼姝子，何为见损伤。高秋八九月，白露变为霜。终年会飘堕，安得久馨香。秋时自零落，春月复芬芳。何时盛年去，欢爱永相忘。吾欲竟此曲，此曲愁人肠。归来酌美酒，挟瑟上高堂。

在这首诗歌当中，视觉的聚焦之点始终在于诗歌选景框内的具体“点”内。诗作先将镜头选定在洛阳城东的一条路上。路旁生长着健旺明媚的桃李。这时，镜头已经由颇具纵深感的“路”缩小到了路旁“花花自相对，叶叶自相当”的桃李。诗的开篇里包含了大的地域概念的“洛阳”城；城中的区位概念的“城东”；城东具有纵深长度，但涵盖了上、下、前、后、左、右诸多空间概念的视野范围很快便收缩在了“春风东北起，花叶正低昂”这个极精确的能观察到物象细部动态变化的焦点位置上。

之后，再次把镜头拉远，写出一位采桑女子由远及近的动态过程。然而这个过程极为短暂，镜头马上就又聚焦在了女子穿着、器用、“纤手”等细部的焦点之间。在这之后的诗歌大段描写，都集中于“花”与“人”两个焦点。在诗歌的末尾，镜头跟随着“采桑子”离开了“洛阳城东路”的取景范围，回到了她的家中“高堂”，焦点观照视角一直没有改变。

在焦点观照中，诗作中核心呈现的人物或物象可以被最大限度地强调、解析，这正是“特写”在诗歌创作特别是通过人物外在言行来传达诗歌精神指向时的一种重要创作手法。然而，在中国古代文学的精神构建中重性灵、轻姿态，重体悟、轻结论的意趣，又决定了即使是在以描绘主人公言行为中心的“叙事”诗歌当中，诗歌真正所要传达的，也往往是作者对于生命的复杂体认和情思。这就决定了除了焦点观照之外，诗歌中还必须运用广泛的，甚至是隐讳的“散点观照”，即将整个“太虚”空间里的生命律动，生命意识作为诗歌的底色，才能够最终抵达作者创作时的心灵止泊之地。

在《董娇娆》中，无论是“洛阳”这个暗示了东京繁华、人气鼎沸、生命力强盛、命运沉浮流转等多重意味的地理概念；还是“春风”这个暗示了青春华年、春情萌动、惜春伤情、春梦无边等繁复情思的时间概念，无不给“佳人”与“桃李”之间个人化的、颇为私密的精神“对话”扩充开了无限无尽的生命之悲思的普遍意义。同样的，诗歌中“桃李”所言之“高秋八九月，白露变为霜。终年会飘堕，安得久馨香。秋时自零落，春月复芬芳。何时盛年去，欢爱永相忘”的想象中之时空际遇，则更是为这场对话开拓了一个更为宏观的、浩淼的、不可停留的、难觅尽头的梦幻般的“太虚”之境。诗中花与人之间关于生命与青春的思辩，正是在这双重嵌套的散点观照下才得以具有了形而上的哲学意义的。

相对于焦点观照，散点观照在建构舒缓素淡的汉代乐府女性题材作品的空间环境时，更为常用，也是更具当下美感的视觉手法。如《冉冉孤生竹》篇里，接连将镜头流水般滑过了“孤竹”、“山阿”、“菟丝”、“女萝”、新婚之景、别离之泪、山之尽头、轩车隐约、“蕙兰”、“秋草”、想象中的伟丈夫、家园里的贤思妇等一连串无不含蕴着洁净、明畅、哀愁、素雅之色彩与质感的景物，俯仰留观间形成了一束绝无重复的连续画面。女性在独自漫长的思念中眼之所见、脑中之忆、目光的流连与迷茫、心境的哀愁和怅惘，以及沉淀了的不安，自我解说之时的犹豫等，全都托付在了这暗色调的疏淡如画的境界当中。不同物象之间视线的流动正呼应着思妇瞬息万变的悲凉之怨情，无不深痛，却又无不温和。散点观照之下汉乐府诗歌里女性温婉深沉的悲情被叙述得流畅从容，充分呈现出了汉乐府诗歌独有的清浅之美。

空间转换与情感转换的激烈冲突之审美境界，这一点以蔡文姬《胡笳十八拍》最为典型。诗中反复渲染了“冰霜凛凛兮身苦寒，饥对肉酪兮不能餐”，“逐有水草兮安家葺垒，牛羊满地兮聚如蜂蚁。草尽水竭兮羊马皆徙”等迥异于长安的粗粝、苦寒、腥膻、野蛮的胡地之苦陋之境况。目的正是要在这一片荒莽的热闹中凸显出身长安贵族世家，自幼诗书为伴，温婉含蓄的蔡文姬内心无边无际的孤独之苦、乡关之思、失节之痛、同化之哀，从而为“忽逢汉使兮称近诏，遣千金兮赎妾身”的境遇转变，作空间上和心理上的铺陈。而当得以“喜得生还兮逢圣君”之后，诗人便反复对比了乡关的亲近、归国的畅美、与胡地物境的远远疏离和身置于汉地雅月和风、明山秀水之中，外境与人颜相互和谐，所得到的精神归属和放松。诗人与此空间逐渐和谐之后，却又更强化出了“十六拍兮思茫茫，我与儿兮各一方。日东月西兮徒相望，不得相随兮空断肠”这个母性精神上最为惨烈的苦痛。而且，越是家园温馨、故国畅情，那两个永远留在了与诗人之精神格格不入的、云山万里的胡地的孩子，就越摧残诗人的心灵，给诗人的精神带来被撕裂般的伤害。这种人与空间相系又相离，相亲又相厌；空间苦人更苦，空间欢苦益重的情境之交融，使得《胡笳十八拍》全篇一直笼罩在女诗人“悲深兮泪成血”的哀情之中。诗歌在空间转换与情感间挪腾切换的艺术造境手法，对于表现诗歌丰富的思想内容，起到了重要作用。

第二节　语言美分析

汉乐府诗歌语言之美的总体特征，可以概括为朴素生动，凝练真切。历代的汉乐府诗歌研究者，对此都颇有肯定。其中表述最为确切者，当属明人胡应麟。他在《诗薮·内编》卷一中言：“惟乐府歌谣，采摭闾阎，非由润色，然质而不俚，浅而能深，近而能远，天下至文，靡以过之。后世诗文，断自两汉，宜也。”又说：“矢口成言，绝无文饰，故浑朴真至，独擅古今。”

汉乐府诗歌的这一语言特色，在犹重细节描写的女性题材作品中体现得更为明显。其中主要包括口语运用之美、语言简练之美和语言自然真淳之美三个方面。

一　口语的运用

不假雕琢的生活语言。汉乐府民歌多用生动的口语，亲切朴素，叙事同抒情结合，故事清明，感情真挚动人。这些口语虽然被写入了诗歌当中，却完全是当时实际生活中运用的民俗口语。这些口语的直接运用，使诗歌显得自然流畅，生活气息浓郁。

如《孤儿行》写孤儿受兄嫂虐待，全诗几乎都是以“孤儿”口语的形式写成。写孤儿之“行贾”：“腊月来归，不敢自言苦。头多虮虱，面目多尘土。大兄言办饭，大嫂言视马。上高堂，行取殿下堂。孤儿泪下如雨。”

写兄之寡情、嫂之尖刻，全在“办饭”、“视马”这样最简捷的口语当中刻画出来，却如利刃般划伤人心。生活在这样的家庭里，可见“不敢自言苦”所言不虚。

写“行汲”：“使我朝行汲，暮得水来归。手为错，足下无菲。怆怆履霜，中多蒺藜。拔断蒺藜肠肉中，怆欲悲。泪下渫渫，清涕累累。”写尽“孤儿”踉跄之动态，顾此失彼的仓皇，无人怜惜，只能独自手忙脚乱的暗自哀伤。

写“收瓜”：“将是瓜车，来到还家。瓜车反覆。助我者少，啖瓜者多。愿还我蒂，兄与嫂严。独且急归，当兴校计。”用活生生的口语来怨苦当时之事，却显得无比精确、生动、晓畅，情与境会，不工雕琢而活景尽现笔端。正如胡应麟在《诗薮·内编》卷一中所说：“无意于工，而无不工者，汉之诗也。”

又如《上山采蘼芜》一篇，通篇问答，全用口语。张玉穀在《古诗赏析》卷四中论之：“通章问答成章，乐府中有此一体，古诗中仅见斯篇。”

诗中丝毫未明写弃妇之痛苦，只以她一句“新人复何如”的平静发问，引出“故夫”的痛悔之答。诗歌的问答中绝无雕饰，人物的心情、举止、面部表情和声调，甚至眼神，却无不毕现于读者目前。两人纯粹汉代口语的问答，却因其素朴之极而具有了不能被时间消磨的生活之真切，即使放在今人口中，依然熨帖得体，绝不突兀。虽是古诗中语言，却令人产生了“向帘儿底下，听人笑语”（李清照《永遇乐》）的无比真切的现场感。如见其人，如闻其声。诗歌中的口语运用着实巧妙难喻。因此陆时雍在《诗镜总论》中评论道：“古乐府多俚言，然韵甚趣甚。后人视之为粗，故人出之自精，故大巧者若拙。”胡应麟在《诗薮·内编》卷一中也评论《上山采蘼芜》云：“随语成韵，随韵成趣，辞藻气骨，略无可采，而兴象玲珑，意致深婉，真可以泣鬼神，动天地。”

又如《东门行》中丈夫所言“咄！行！吾去为迟！”语言简至极限，

而人在此时烦躁、难过、担心、决绝、急切等多重复杂心绪却全涵盖在了其中，当属汉乐府诗歌口语应用上的经典。

口语造兴象之美。在汉乐府女性题材诗作记述的口语中，还有一个特点是，诗中人物往往于口语间妙造兴象，借助《诗》之比兴手法传达诗歌之深意。如《焦仲卿妻》中写兰芝还家，仲卿送别，兰芝为表盟誓，对仲卿言："君当作磐石，妾当作蒲苇。蒲苇纫如丝，磐石无转移。"

借"磐石"、"蒲苇"生活中常见之物象，将两人的感情，依据性别之天然属性中的形态表现之差别，分别准确地反映了出来，使感情之重获得了一种更加直观的、易于感受的载体。这种在口语中自觉妙造兴象的手法，是中国古代文化里自然与人两相亲近，人情与物情全无樊篱、相知相得的文化心理在诗歌中的自觉运用。这样一来，不仅达情更确更深，还给对话的氛围，以及自身的美丽情感晕染上诗意的虹光。

这种借口语兴象来描摹衷情、美化情怀的手法，也见于《上邪》："上邪，我欲与君相知，长命无绝衰。山无陵，江水为竭，冬雷震震，夏雨雪，天地合，乃敢与君绝！"

诗歌中接连列举了"山陵"、"江水"、"冬夏"、"雷雨雪"、"天地"等一系列自然物象中的最持久者、最有力者、最为人所敬畏者，用这些物象不可能出现的异变之"荒谬"来反衬"与君绝"的更加荒谬，符合人物身份性格，生活气息扑面而来，人物形象呼之欲出。

二 简约之美

简约之美是汉乐府女性题材诗作语言的另一大特色。已经具有了相对齐整的诗歌形式的汉乐府诗歌，在语言上的简约之美，以朴素真切为本，在高度的概括中融入了丰富的情感容量，简而非薄。故张玉穀在《诗镜总论》中曰："汉魏一语百情，唐人未能办此。"

高度的诗歌语言概括技巧。《江南》篇的开首两句鲜明地体现了汉乐府诗歌语言在高度艺术概括后的简约之美："江南可采莲，莲叶何田田。"

前一句一个"可"字勾勒出江南塘池湖泊间处处可见的，不拘一时一地之限制的，少女采莲之泛景，甚宽泛的时空概念轻捷道出，了无斧凿。接下来却一步跨入了一个十分具体精微的场景“莲叶何田田”当中。好似将原先纵视江南的目光忽然停顿，并迅速收缩到一莲池、一莲叶、一微风、一少女间，色泽、动态、气息和神韵无不纤毫毕现，而又能从这最具体的“莲叶田田”中映射出江南山山水水独有的风光。语言简约却意味隽永，内境丰沛无限。

《陌上桑》中罗敷拒绝使君的言辞也颇得简约之妙门：“使君一何愚！使君自有妇，罗敷自有夫。”短短十五个字，却将“使君”的无耻、荒唐、丧德败行与罗敷的坚贞、敏捷、聪慧和才干以及少妇的灵巧天真，俱展现得层次分明，韵味悠长。读之痛快酣畅，这正是汉乐府诗歌在语言艺术表现力上的巨大成功。

语言情感容量的巨大丰富性。《艳歌行》篇中的对话，则体现了汉乐府诗歌“一语百情”，情感容量丰富的特点：“‘语卿且勿眄，水清石自见。’石见何累累，远行不如归！”

少妇所言“水清石自见”，一方面是表白自己和远客之间关系清白，自己心怀坦荡；另一方面则是暗暗的谴责丈夫心胸狭窄，不堪信任。“水清石自见”又暗含着自己人格高贵，而丈夫的猜忌和愤怒却破坏了这种超越了爱情、亲情，类似于“友情”的，人类情感中更精神性的高级形态。对这种高雅之情的肯定，也蕴含在“水清石见”的比拟当中。少妇的委屈、埋怨、孤独和傲气尽在“语卿且勿眄，水清石自见”短短十个字中。

相对应的，丈夫的回答“石见何累累，远行不如归”却是对于少妇心中珍贵温情的彻底蔑视。一方面是对于妻子的不信任和不屑，另一方面是懒得去查实“水清石见”之事，只希望这样的事情以后不要再发生在自己的生活当中。同时，更是公然逐客，要这个干扰了自己身心的客人离开自己的生活，以便重新夺回自己对于妻子的“绝对”所有权。诗歌中丈夫的狭小气量、卑琐精神；以及对妻子自私的占有欲；对于妻子人格的不尊重，人品的不信任；对于人与人之间善意的不能体悟，以及毛躁的性格，也无不含蕴在这短短十个字当中。

二十个字成就两个个性鲜明的人物形象，言简意丰，真乃实至名归矣。

三　自然真淳之美

不事修饰，自然天成。胡应麟在《诗薮·内编》卷一中曾评论《古诗十九首》的语言特色为："情真，景真，意真。澄至清，发至情。"又论《焦仲卿妻》："不假雕琢，工极自然，百代而下，当无继者。"不事修饰的自然真淳之美，正是汉乐府诗歌，特别是其中女性题材作品语言的另一显著特色。

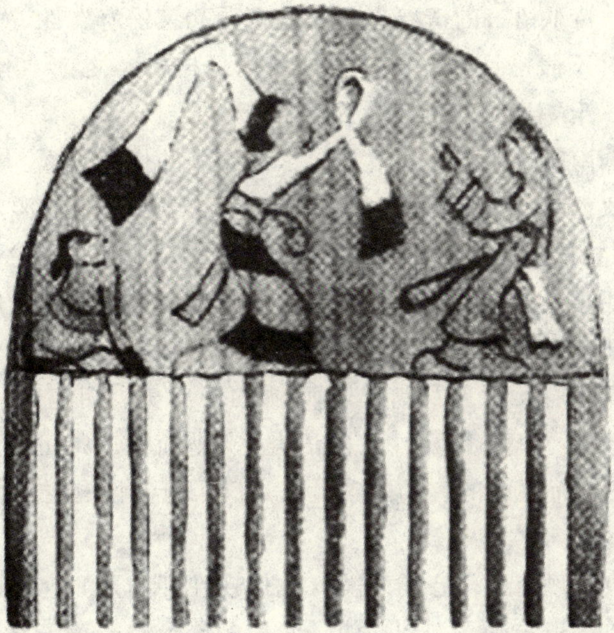

《长袖舞人木梳》　湖北江陵凤凰山 M5 汉墓出土

首先，从诗歌的语言句式角度来看，汉乐府女性题材诗作句式，长短不一，短则二言，长至八言。其中既有句式整齐的齐言诗，亦有句式错综参差的杂言诗。句式长短随意，整散不拘，灵活自由。既有继承《诗经》四言体的，如《昭君怨》、《善哉行》；也有句法自由多变，整散不拘的杂言体，如在《上邪》一诗中，二字句、三字句、四字句、五字句、六字句、七字句接连出现，诗歌语言的变化极为自由。此外，汉乐府女性题材诗作更多的是完整的五言诗，如《艳歌何尝行》、《白头吟》、《董娇娆》等篇章。五言诗歌比四言诗歌多了一个音节，这是诗歌创作不断调整、适应所处时代社会语言之变化发展的结果。五言诗歌增强了诗歌语言的表现力，同时也使得诗歌更加具有节律之美。《李延年歌》也采用了大体整齐的五言体式。这种体式，在汉代初年还只在民间的“俚歌俗曲”中流行。从李延年开始，在乐府诗歌当中将“五言”这一形式引入上层宫廷，从此成为了知识分子创作乐府诗歌时的常用句式。班婕妤《怨歌行》、卓文君《白头吟》俱为此例。汉代文人五言诗，正是在此基础上发展而来的。

其次，从诗歌语言的情感表达功能来看，汉乐府女性诗作抒情多采用直接明了，不假掩饰的语言。如《南山一树桂》之：“南山一树桂，上有双鸳鸯。千年长交颈，欢爱不相忘。”

诗中描画南山桂树上一对鸳鸯，依依交颈的优美画面。语言清丽简朴，象征喻义深长，含蓄深沉，情真意醇。许学夷在《诗源辩体》中考此诗赞曰：“格甚高古，语甚浑朴，有天成之妙，此五言绝之始也。”

这正说明了在汉乐府五言诗作当中，语言的天成之妙所展露的美学风格，以至于成为了后世五言诗作语言之美的典范。

第三，汉乐府女性题材诗作典而丽的音韵美。胡应麟《诗薮·内编》卷一中评论《羽林郎》一诗的语言：“整而条，典而丽，五言之赋也。”其中“典而丽”的音韵之美，正是汉乐府女性题材诗作语言的普遍特征。

汉乐府女性题材诗作音韵之美首先体现在押韵上。这些诗作押韵自由，灵活多变。既有句句押韵，如《戚夫人歌》：“子为王，母为虏。终日春薄暮，常与死为伍。相离三千里，当谁使告汝。”除“相离三千里”句外，每句都落于相同韵脚。也有隔句押韵，如《东门行》、《艳歌行》等。更有隔两句和三句押韵的，如《陌上桑》之“日出东南隅”与“自名为罗敷”相隔两句押韵；又如“照我秦氏楼”与“桂枝为笼钩”更隔五句押韵。除此之外，一首诗歌当中还会出现几次变韵。如汉武帝《秋风辞》：

> 秋风起兮白云飞，草木黄落兮雁南归。兰有秀兮菊有芳，怀佳

> 人兮不能忘。泛楼船兮济汾河，横中流兮扬素波。箫鼓鸣兮发棹歌，欢乐极兮哀情多，少壮几时兮奈老何。

前两句一韵，三四两句一韵，后五句又一韵。押韵灵活多变却又保持了全诗整体音韵氛围的和谐。

汉乐府女性题材诗作的音韵之美还体现在叠音字的运用上。如《青青河畔草》，诗的语言平和无奇，却大量运用了民歌中常用的叠词，使得诗歌音调自然谐美而又富于变化。叠音字中，“青青”为平声，“郁郁”为仄声，“盈盈”又为平声、浊音，“皎皎”又为仄声、清音，“娥娥”、“纤纤”同为平声，而一浊一清。平仄与清浊之映衬错综，形成一曲宫商之奏，谐和动听。虽然在汉代，系统的声律界定尚未被人们所总结归纳，《青青河畔草》的作者，却依直觉极其巧妙地搭配了这六个叠音字的音韵谐美，安顿出了天籁之音。钟嵘在《诗品》中评论这首诗的音韵为：“蜂腰鹤膝，闾里已具。”

这种纯出于自然的调声，使全诗音节在流利起伏中颇含古朴韵味，细辨之，自可见与后来工整律调之诗的区别。这六个叠音字清淡有致的音韵流变，于叠音的单调中赋予了丰富的错落变化，恰恰入神地传达出了女主人公孤独而华艳的形象，孤寂而烦扰的心声。语言的运用完全着眼于准确揭示人物心理，塑造人物形象，是独属于汉乐府诗歌的音韵传神之美。

第三节　悲剧美分析

悲剧情怀审美，是汉代文学艺术审美范畴中一个重要的组成部分。王充在《论衡·超奇篇》中写道：“文音者皆欲为悲。”枚乘赋《七发·麦秀歌》中唱道：“麦秀蔪兮雉朝飞，向虚壑兮背乔槐，依绝区兮临回溪。”枚乘称之：“此亦天下之至悲也。”将“悲”视为美感的最高极致。因此，文学作品中的悲剧结局之作，也就具有了独特的、尤为厚重的感人之力。晋人嵇康在《琴赋·序》中也论述了汉代人对于文学作品悲剧之美的评价：“称其材干，则以危苦为上；赋其声音，则以悲哀为主。美其感化，则以垂涕为贵。”

正因为文学作品的悲剧之美深入人心，可以获得审美上的接受，因此在汉乐府诗歌当中，对于悲剧的创作也就成为了不同阶级、不同社会地位的作者一种自发的创作倾向。又由于女性以其特殊的弱势社会角色，更易遭逢人生之悲剧，其生命悲剧，往往尤具有哀艳之美感。因此汉乐府女性题材诗作中，“悲剧之美”便成为了其美学价值中不可忽略的一项内容。

一　汉代对于女性悲剧美的选择

悲剧的崇高本质和女性美的神性特征。悲剧中，主人公不可避免地遭受挫折，历尽磨难，甚至失败、丧命。但他们合理的意愿、动机、理想、激情预示着胜利和成功的到来，这是为悲剧的崇高本质所决定的。

在悲剧中，人的欲望、情感、意志、能力都是历史的产物，体现着人类的本质力量，但这些都不可避免地遭受挫折、磨难，甚至是厄运，往往不可能在现实中实现。在这种悲剧冲突中，主人公不仅要同造成其挫折、磨难的强大外在力量搏斗，往往还要同主体的内在本质力量进行搏斗。尽管突然降临的悲剧性情境似乎是偶然的，但是，这种情境只是为主体行动安排的必要契机，其行动都是源于主体的自我意识，是主体为了极限发挥自身的潜能而做出的。因而，由行动构成的命运的曲线，连同最终的结局无论是失败或是丧失生命，便是他（或她）完整生活的凝聚，亦即是完整的人格在行动中的自满自足。悲剧的力量正在于主人公有限的生命运动所体现的人类精神的永恒价值。这正是悲剧的崇高品格之所在。

在人类社会的两性当中，女性，天然地比男性承担了更多的作为“人”的审美特质。女性之美，包括了心灵之美、信念之美、体态之美、康健之美等诸多方面的内容。而回溯到人类社会产生之初就可以发现，人类文明的最初载体“神话”当中，作为原初之神出现的“母神”形象，就不同程度地兼备了女性之美中的心灵之圣洁、信念之坚韧、体态之完美、生命力之强大、智慧之充盈等女性各个方面的极致之处。

正因为如此，当现实生活中的女性，在一方面或几方面的美达到或接近了上古文明留存在人们潜意识当中的“神女”之美时，就会不自觉地激发起人们对之膜拜、对之尊崇的心理暗示。所谓“拜倒在石榴裙下”之俗语的发生学本源正在于此。女性之美达到了极致之后，就会焕发出“神性”的美感与光辉。

又正因为“神女”境界所指向的，是一种远远超越了当下社会存在之局限性的，代表着人类对自身生命完美极限的追求，所以现实生活中出现的“神性”之美一旦着落于生活之中，则不免会与现实生活的远非完美之境发生或深或浅，或直接或潜在的矛盾冲突。“神女”之美指向“崇高”的人类生命愿望与有限之时空的社会发展，其间所展现出的巨大落差，则正是“悲剧精神”的落脚点之所在。

在汉乐府女性题材作品当中，对于女性悲剧命运的描述，往往通过女性接近“神性”的完善，又使其遭遇悲剧式的命运，从而达到“以悲哀为主”、“美其感化”的诉求。这种诉求便形成了汉乐府诗歌中女性悲剧美的“盛装”特色。如《有所思》、《怨歌行》、《胡笳十八拍》、《羽林郎》、《董娇娆》、《焦仲卿妻》、《定情诗》、《迢迢牵牛星》、《河中之水向东流》、《美女篇》、《种葛篇》、《弃妇诗一首》等诗篇中，因为家国乱离、爱侣分别、中道见弃、佳偶不成、青春伤逝或者嫁非所愿等诸多情况，使女性遭逢着人生旅途中的各种悲剧。然而从这些“悲情”诗歌中塑造的女性形象来看，尽管遭际负面，但大多却焕发着女性独有的华艳光辉。不仅容貌美丽，更是“盛装”妆扮，在悲情的衬托下，她们的“盛装”往往愈加哀艳。如《羽林郎》之胡姬，身着颇具民族风情的精美服饰，梳妆的鬟髻华丽价值千万，却又遭逢欺辱。又如《焦仲卿妻》中兰芝被休弃离家之时的“严妆”：“鸡鸣外欲曙，新妇起严妆。著我绣裌裙，事事四五通。足下蹑丝履，头上玳瑁光。腰若流纨素，耳著明月珰。指如削葱根，口如含朱丹。纤纤作细步，精妙世无双。”盛装如花，丽质如仙，愈显得心如冰寒，悲至极处。又如《定情诗》中女子，反复记述恋人赠送给自己的贵重首饰，件件精致璀璨。然而终被抛弃，又怎是一个悲字了得。前后对比，天之堂，地之狱，撕肝裂肺。再如曹植《美女篇》中，美女：“攘袖见素手，皓腕约金环。头上三爵钗，腰佩翠琅玕。明珠交玉体，珊瑚间木难。罗衣何飘飘，轻裾随风还。顾盼遗光采，长啸气若兰。”浑然一派洛水神女的气度，美丽光耀四方，却佳偶难求，只落得曲高和寡、宝钗生尘。

除了上述女性华美之中凸显悲情里的哀痛之切之外，在《城中之水向东流》中，女性的“盛装”转化为了生命一无出路的空寂和惆怅：“头上金钗十二行，足下丝履五文章。珊瑚挂镜烂生光，平头奴子提履箱。人生富贵何所望，恨不嫁与东家王。”又如《董娇娆》、《迢迢牵牛星》、《怨歌行》等诗作中，虽然没有直接描摹女性的“盛装”，但诗中“悲情而盛装”的矛盾和冲突还是隐约可见的。

二 女性在悲剧中的“美”之诉求

汉乐府诗歌中女性“悲情而盛装”的艺术风尚所传达出的女性之美，是一种融合了汉代审美理想与汉代女性独有精神气质的美学构建。在这些悲剧性诗作之中，一丝不苟的女性美，是女性对于其生命存在之强烈诉求的体现，是对于制造其生命悲剧的社会之境、之人的回答和回击之体现，亦体现了汉代文化中品味“悲音”的时代性美学境界。

诉求自身生命之存在。“悲情而盛装”所体现的，首先是女性对于自身生命存在、价值实现的需要。美丽，是女性永远视之为生命存在中不可或缺的一部分，是其终生不懈的追求。特别是青年女性，对于自身原本拥有美丽，却无法在幸福的生活中尽情享受自然的秉赋，往往会格外生出一种明珠投暗、知音难觅的哀怜之情。女性情怀中独有的婉约和善意往往会加倍地投射到自己孤独的情愫当中，并通过“悲情而盛装”，给予自己的美丽以最大限度的怜爱、赞美和抚慰。《焦仲卿妻》中兰芝的“弃妇严妆”，《美女篇》中美女的“盛年处房室”，都首先是出于对于自身女性生命的珍爱和尊重。在悲情之中犹作盛装的汉时女儿，正如希腊神话当中顾影自怜的水仙少年纳西塞斯。

其次，除了面对悲境，反而愈加眷恋自身之美之外，盛装中的悲情女子更多的是无法掌控自身命运之时的彻底的痛楚与绝望。鲁迅先生曾称悲剧是“将人生中有价值的东西撕破给人看”。①汉乐府诗歌中那些悲

① 《鲁迅全集》第一卷《坟·再论雷峰塔的倒掉》，人民文学出版社 1956 年版，第 297 页。

情而盛装的女性，正是把自己人生之中最美好的一面尽情展现出来，然后再毁灭之，用决绝的凄艳来告慰自己生命之力量之价值。

正因为兰芝心中明白，这个清晨是自己与焦家、与自己婚姻生活的永别，她才会带着“含泪的微笑”，用从此将永别自己全部的生命梦想，同时也是从此永别自己生命本身的痛苦，来对自己原本十分自负、十分珍爱的美丽，作最后的告别。此时她就已心怀死志，她明白在“妾不堪驱使”与“徒留无所施”之间自己并无折衷之途、回旋之路。所以才会在这个人生命运发生最大悲剧性转折的时刻，为自己美丽的生命提前谢幕。悲情与盛装的戏剧性由此开启了第一幕，那么，高潮还会远吗？兰芝是很冷静、很聪明的。她不仅爱惜自己的生命，她更珍视自己生命的尊严。至此，汉乐府的悲剧之美深深感染、启迪着一代又一代人们的魂灵。

诉求于所生存的社会，除了呈现对于自己美丽生命的无限珍视之外，汉乐府诗歌中女性的“悲情而盛装”，更是对于造成自己悲剧命运的人与世，最有力、最骄傲的反抗。在《焦仲卿妻》中，从焦母劝儿子另娶罗敷的“东家有贤女，窈窕艳城郭”理由中就可看出，兰芝的美貌是惊人的，是即使对兰芝十分不满的焦母也不能否认的，甚至是十分在意、十分忌惮的。因此，她才希望能用另一位美女来抽离儿子对于兰芝的爱甚或迷恋。在这种背景之下，兰芝在离去之时对自己的盛装妆扮，就必然的具有了向焦母示威，以赢回自己尊严的意味。她要用自己“纤纤作细步，精妙世无双”的华美姿容告诉焦母，自己比“东家有贤女，自名秦罗敷”的“罗敷”更加美丽。同时也要让自己精妙无双的美丽永远能够留存在仲卿的记忆里，掩盖过焦母口中“罗敷”的光芒，使仲卿的衷情不移。

在这个盛装的时刻，可以看出，兰芝亦是希望通过自己的美丽，为自己的爱情和婚姻作最后的争取。但是从别离时兰芝的话语中又可看出，兰芝更多的是明白自己所面临的绝境的。因此她的“严妆”，就更多的是在面对命运不公时，对于肮脏的生存环境，“质本洁来还洁去”（《红楼梦·葬花吟》）的最终抗争。这种无辜的美丽、美丽的爱情被彻底毁灭的悲剧，正是汉代乐府诗歌社会学意义上的美学力量之所在。

在《美女篇》中，美女一方面感叹“佳人慕高义，求贤良独难”，

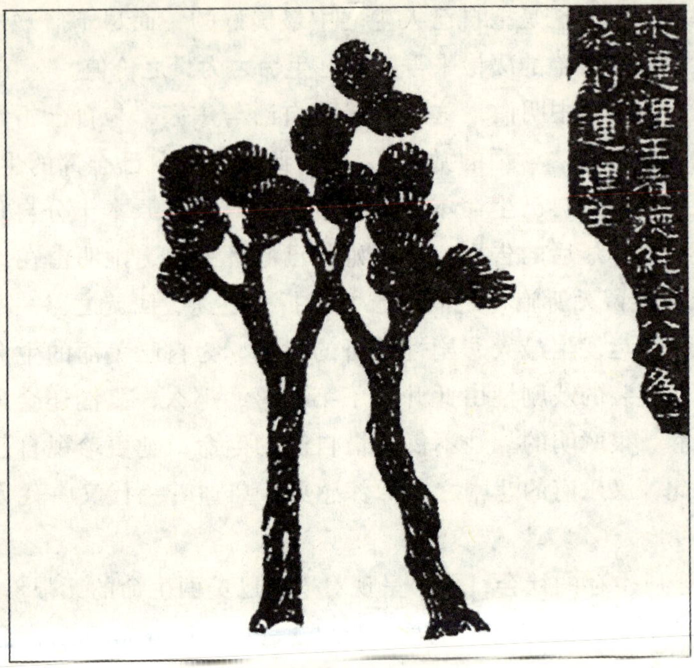

《木连理》山东嘉祥县武氏祠画像石　清《金石索》摹印

一方面将自己装扮得“顾眄遗光采，长啸气若兰”。她希望自己的稀世之光彩，在获得世人“行徒用息驾，休者以忘餐”的庸常赞美之外，再得遇身赋“高义”的贤良的欣赏，赢得人生之知己和归宿。同时，从“盛年处房室，中夜起长叹”可以看出，良人难寻，美女的精神是十分孤独苦闷的。但她仍然每日精心打扮起自己，采桑歧路。这里美女超凡的美貌和高志，同时具有了一种着力与时俗拉开差距的意味。美女正是要用自己的高贵来凸显自己与“众人徒嗷嗷”之间的精神对立。在保全自身洁美品格的同时，也有谴责世情过于庸碌，不识明珠美玉的悲楚情怀。

悲剧在文学作品当中，最能表现矛盾斗争的内在生命运动，从有限的个人窥见无限的宇宙，以个人渺小之力体现出人类的无坚不摧的伟大。在汉代的悲音之美中，着力塑造悲剧之中女性的美之极致、艳之极致、高贵之极致、诗意之极致，在诗作进行到悲剧的核心环节之时，为诗歌营造出美感的最高潮。当女性于盛装出场，将美丽演绎到“神性”之境时，再轰然将之毁灭，以“揉碎桃花遍地红，玉山倾倒再难扶”（《红楼梦·情小妹耻情归地府，冷二郎一冷入空门》）的最宏大、最悲壮、最震撼人心的美之“撕碎”，来使诗歌获得精神体验上的崇高和净化。人类美丽的毁灭所折射出的，恰恰是这种美丽坚韧的、神性的、最具“理想”价值的生命力量。

在汉代，文化中所崇尚的，是雄健的、刚烈的，既有重气骨、重性情的慷慨刚健同时又有绵长温情脉络作为底蕴的美感。表现在汉乐府女性题材诗歌当中，其女性“悲情而盛装”的悲剧之美，就不同于宋明之时的那种，将人之感受力完全退回到自身内心活动当中后，所赋予女性的纤弱的、凋敝的、委曲求全的、咽泪装欢的病态的悲情之美。在汉代，由于人之精神诉求的主要客体，是无边无际而又已经不使人感到畏惧，反而令人豪迈勃发，并且想要在其中充分施展自身生命力的整个宇宙自然。因此文学作品在描写悲剧时，人物之悲情也就不只是停留在内心感受中，而是浓墨重彩地演绎于宇宙之内。虽无法拒绝悲剧的产生，却能于毁灭中爆发出生命健康的、强大的诗意与激情，从而造就出汉代人独有的、宁静从容却又是石破天惊的悲音之美。

第四节　音乐美分析

人类上古文明的发展史中有一个共识，即承认音乐有一种力量。最初的诗歌即是配合音乐的力量来宣泄情感、净化灵魂、缓解愤懑的。音乐的力量来源于节奏、旋律和对语言的强制性变奏。在音乐力量的引导下，人们跟随节拍舞动，便是原始“娱神”的巫术的表现形式。人类的情感在这种“强制的迷狂”当中得到发泄或得到补偿，从而将舒展宁静赋予人的心灵。不仅是用于“娱神”诗歌，先秦时代世俗的歌咏中，也充分利用了节奏和旋律的力量。如劳动号子等就是为了激发人之生命体中的“神力”的歌谣。

正因为如此，在古代诗歌史中，从《诗》、乐府，到唐歌行、宋词乃至明清戏辞，音乐始终与诗歌的文本形态相辅相成。流传至今的纯文本之“诗”，并非古代诗歌原貌的全部。

《宋书·乐志一》记载：“前世乐饮酒酣，必自起舞。汉武帝乐饮，长沙定王起舞。”《汉书·元帝纪》也记载：“元帝多材艺，善史书，鼓琴瑟，吹洞箫，自度曲，被歌声，分刌节度，穷极幼眇。”

可见在汉代，王侯贵戚自为音乐，乃是时代之风尚。在这种风尚之下，歌舞自娱也成为了民间文化生活的重要组成部分。因而，宫廷宴乐与民间采诗合集而成的汉代乐府诗歌，便具备了诗、乐、舞三者一体的音乐特性和音乐之美。这就大大拓展了汉乐府诗歌的美学价值。

一　汉乐府音乐性的雅、俗之分

从诗歌音乐所展现出的审美取向出发，可以将汉乐府诗歌的音乐性分为雅乐府音乐和俗乐府音乐两部分。雅乐府、俗乐府中各自不同阶级、阶层的意识也鲜明地体现在其音乐性当中。

1. 雅乐府的音乐性审美特征

“雅乐”的概念在汉代之前，主要特指《周礼》中记载的，用以郊庙祭祀及贵族典礼的，由编钟和编磬演奏的仪典乐舞。《诗经》中收录的《雅》、《颂》诸篇，即是“雅乐”的乐词。汉代乐舞继承了周代乐舞的某些功用，“雅乐府”的概念始于“乐府”音乐形成之初。雅乐府，指的是由宫廷音乐家及文人音乐家采集自民间，后经过再创造的，具有特定格调与用途的乐府诗歌作品。雅乐府呈现出强调修饰效果的音乐性审美特征。如《乐府诗集》卷第八，郊庙歌辞八中所记载：“《通典》曰：‘周有《房中之乐》，歌后妃之德。秦始皇二十六年，改曰《寿人》。’”

《汉书·礼乐志》载：“汉《房中祠乐》，高祖唐山夫人所作。凡乐，乐其所生，礼不忘其本。高祖乐楚声，故《房中乐》，楚声也。孝惠二年，使乐府令夏侯宽备其箫管，更名《安世乐》。”

而《宋书·乐志》亦载：“魏文帝黄初二年，议者以《房中》歌后妃之德，所以风天下，正夫妇，乃改为《正始之乐》。明帝太和初，缪袭奏：‘魏国初建，王粲所作登歌《安世诗》，专以思咏神灵及说神灵鉴享之意。后省读汉《安世诗》，无有《二南》风化天下之言，又改曰《享神歌》。’”

从这一系列记载可见，自先秦起，历代雅乐府中，持续出现了这类表现“后妃之德”或由女性作家创作的郊庙乐府作品。其中，由汉高祖妃唐山夫人创作的《房中乐》又称《安氏房中歌》，其章节结构的安排鲜明地体现了雅乐府音乐结构规整、句式完整、音乐宏大整饬的宫廷音乐特点。《乐府诗集》记载《房中乐》共分十七章，每章四句、六句、八句或十句，其中以八句句式最多。起首《大孝备矣》与终曲《承帝明德》均采用八句乐式结构，显示出了音乐节奏的庄严和肃穆，是一首典型的郊庙祭祀功用的雅乐府作品。其音乐的巡回复现，“以为行步之节”（《汉书·礼乐志》），完全服务于祭祀仪典的音乐功用之需要。

2. 俗乐府的音乐性审美特征

俗乐府主要是指两汉乐府机构采编、整理自民间的乐府诗歌。俗乐府的音乐性突出地体现在其以句式的多变来适应民间音乐中的长短调作品。其中，如虽被收录在《乐府诗集·铙歌》类中，但显然来自民间创作的《有所思》，全诗共十七句。其中 3 字句三句，4 字句三句，5 字句九句，7 字句二句，呈现出了句式长短变化的极大丰富性。在句式的组合上，整句由长短不同的几个短句组成，其中有 3 字句连 5 字句；5 字句杂错 3 字句；4 字句连 5 字句；5 字句连用及 3 字句连 7 字句。从句式的长短连缀上，呈现出错落而富有韵致的节律之美，显然极适合配以汉代市井间以放松身心、获得畅美娱乐享受为目的的长短调乐曲。又如《东门行四解》篇中：“……他家但愿富贵，贱妾与君共餔糜。共餔糜，上用仓浪天故，下当用此黄口儿。今非，咄！行！吾去为迟，白发时下难久居。”与《有所思》相比，其句式的跳荡更为随意，句式错落更富力度，也带有更为原生态的口语特点。这首诗歌在入乐时，更适合带有讲唱性质的乐曲，显露出了十分鲜明的俚俗音乐痕迹。

二　诗歌中特定的音乐元素

刘勰《文心雕龙·乐府篇》中描述汉乐府：“乐府者，‘声依永，律合声'也。"汉代乐府诗歌的"乐府"之名号称谓决定了其具有"徒诗入乐"的音乐属性。汉乐府诗歌的音乐属性，还体现在其诗歌特定的音乐元素当中，有"解"、"艳"、"乱"等三种现象。

1."解"之作用分析

解。汉乐府诗歌，特别是其中的女性题材作品当中常出现"解"之专名。据《乐府诗集·卷第二十六　相和歌辞一》云："凡诸调歌辞，并以一章为一解。《古今乐录》曰：'伧歌以一句为一解，中国以一章为一解。'王僧虔启云：'古曰章，今曰解，解有多少。当时先诗而后声，诗叙事，声成文，必使志尽于诗，音尽于曲。是以作诗有半约，制解有多少，犹《诗·君子阳阳》两解，《南山有台》五解之类也。'"

除了与"章"配合之外，在汉乐府诗歌中，"解"还同时表现曲调的急速、阳刚之力，情调的奔放、明快与热烈，并以"变"声为特点应用于诗歌乐曲的结尾，多在乐章结尾处反复运用。如《陌上桑三解》篇中，诗歌的三个段落之后都有"解"的使用。第一节铺陈了罗敷之美与众人之敬仰、叹服。这时使用一"解"的停顿，可以使得罗敷出场时营造出的华美氛围越发庄重、明快与凝练，造成一种雕饰般的镜头"定格"之效果。第二次用"解"，在罗敷之言"使君一何愚！使君自有妇，罗敷自有夫"之后。这时，"解"增加了罗敷之言的力度，使之越发掷地有声，泠然如金石之音。第三解出现在全诗结束之时，则为诗歌增添了袅袅余韵，进一步完善了对于罗敷形象的塑造。

2."艳"之作用分析

艳。方以智《通雅》中云："大曲有'艳'，有'趋'，有'乱'。'艳'在曲前，'趋'与'乱'在曲后。……智谓'艳'是引子。"

"艳"在汉乐府诗歌之前，往往起到概括、提示诗歌内容的作用。其风格特点是婉转激越、潇洒蕴藉、含情脉脉，有助于渲染诗歌之哀情。如《艳歌何尝行》篇，由诗歌黯然神伤、生别离之情推测，诗前之"艳"，当是一段几近凄艳的乐舞，为诗歌营造出"未成曲调先有情"（白居易《琵琶行》）的艺术氛围。

3.“乱”之作用分析

乱。清人蒋骥在《带山阁注楚辞》中解释“乱”的特点为：“‘乱’为总理一赋之终。”是诗歌内容的延伸和补充，使其更加完整。在汉乐府女性题材诗作当中，《孤儿行》与《妇病行》诸篇都有大量“乱词”的运用。《孤儿行》中，在详细描述了兄嫂的冷酷和孤儿生不如死的悲惨处境之后，“乱”曰：“里中一何譊譊，愿欲寄尺书，将与地下父母，兄嫂难与久居。”凄苦的悲音震撼人心，构建了全诗最终的高潮。在《妇病行》中，“乱”曰：“抱时无衣，襦复无里。闭门塞牖，舍孤儿到市。道逢亲交，泣坐不能起。从乞求与孤买饵，对交啼泣，泪不可止。‘我欲不伤悲，不能已！’探怀中钱持授交。入门见孤儿啼，索其母抱。徘徊空舍中，‘行复尔耳，弃置勿复道！’”在这里，“乱”补充、完善了诗歌的情节与内容，长度也超过了正文，成为了诗歌全篇重要的一个部分。为诗歌增添了更为形象的、直观的情感体验。

《建鼓舞》河南南阳县汉墓

三 诗歌命名中体现的音乐性

汉乐府诗歌的命名中音乐性的体现是丰富而多彩的。首先如命名中的“行”字。《史记·司马相如传》中云：“为鼓一再行。”司马贞《索引》注曰：“乐府《短歌行》、《长歌行》，‘行’者，‘曲’也。”在汉乐府诗歌当中，所用曲调舒缓自如，格调流丽，而曲风与唱词内容紧密结合的，称之为“行”。如《艳歌罗敷行》、《陇西行》、《相逢行》、《东门行四解》、《妇病行》、《蛱蝶行》等汉乐府女性题材诗作中的很大一部分篇目均在命名中体现出了“行”的音乐特征。

其次，命名中的“歌”字。在乐曲体例的分类中，长言复沓为歌。以“歌”字命名的汉乐府女性题材诗作主要有《琴歌三首》、《东飞伯劳歌》、《同声歌》、《越人歌》、《戚夫人歌》等。就其诗歌篇幅来看，并不是突出的长篇，甚至有的篇幅甚短。由此推测，这些以“歌”命名的诗作大都采用配乐重复诵唱的入乐方式。

再次，命名中的“吟”字。以“吟”命名的诗歌大都悲歌慷慨。如《白头吟》一诗，其情悲凉幽深，所配之乐曲也当具备深婉而超拔的情致。

另如用“谣”字的诗歌《城中谣》、《京兆谣》、《汉成帝时燕燕童谣》等，配合简短明快的童谣音乐，音乐形状特征直接呈现在篇名当中。而蔡文姬《胡笳十八拍》，是由十八首歌曲组合的声乐套曲，由琴伴唱。“拍”字在突厥语中即为“首”，起“胡笳”之名，是琴音融胡笳哀声之故。相传蔡文姬亲自为诗歌谱写琴曲，使诗歌命名与音乐特征紧密的联系在了一起。

四　继承使用曲谱、歌辞时体现的音乐性

汉乐府诗歌中的徒诗入乐，除了自填新词、自谱新曲，如蔡文姬《胡笳十八拍》、司马相如《琴歌三首》外，另有部分诗作，是在继承旧有曲谱的基础上，自填新词而完成的。如出现在《铙歌》分类中的《有所思》、《上邪》两首情诗。

关于“铙歌”的概念，《乐府诗集·卷第十六·鼓吹曲辞一》题解：“刘瓛定军礼云：‘鼓吹未知其始也，汉班壹雄朔野而有之矣。鸣笳以和箫声，非八音也。骚人曰‘鸣篪吹竽’是也。’”又据蔡邕《礼乐志》曰：“汉乐四品，其四曰短箫铙歌，军乐也。黄帝岐伯所作，以建威扬德、风敌劝士也。”

可见“铙歌”的概念是纯粹的军乐。因此可以推想，被《乐府诗集》收录的上述两首情诗，当是作者借用当时已经存在的两首铙歌《有所思》、《上邪》的曲调填写的新词。目的在于以军乐的慷慨激越来增强诗歌情感的宣泄力度，从而与诗歌中的至浓之情取得情感强度上的完美

融合。

除了沿用旧曲填写新词而外，汉乐府中的名篇，在晋代及后世的传唱模拟中，也出现了众多依据汉乐府旧词为蓝本，改写新词、改编曲调的拟古乐府之作。这正是汉乐府诗歌和音乐之巨大而又绵长生命力的体现。在《乐府诗集》中，除收录有汉乐府诗歌外，还收录有后世根据这些汉乐府诗歌改编、改制的新词。以《陌上桑三解》为例，在收录了汉乐府本诗之后，又辑录了晋人傅玄以下历代同题诗作二十余首。

> 日出东南隅，照我秦氏楼。秦氏有好女，自字为罗敷。首戴金翠饰，耳缀明月珠。白素为下裾，丹霞为上襦。一顾倾朝市，再顾国为虚。问女居安在，堂在城南居。青楼临大巷，幽门结重枢。使君自南来，驷马立踟蹰。遣吏谢贤女："岂可同行车。"斯女长跪对："使君言何殊！使君自有妇，贱妾有鄙夫。天地正厥位，愿君改其图。"（晋人傅玄同题诗）
>
> 袅袅陌上桑，荫陌复垂塘。长条映白日，细叶隐鹂黄。蚕饥妾复思，拭泪且提筐。故人宁如此，离恨煎人肠。（梁人吴均同题诗）
>
> 美女渭桥东，春还事蚕作。五马如飞龙，青丝结金络。不知谁家子，调笑来相谑。妾本秦罗敷，玉颜艳名都。绿条映素手，采桑向城隅。使君且不顾，况复论秋胡。寒螀爱碧草，鸣凤栖青梧。托心自有处，但怪傍人愚。徒令白日暮，高驾空踟蹰。（唐人李白同题诗）

又如《白头吟二首五解》诗，《乐府诗集》在其后收录了六朝人鲍照以下历代同题诗、拟作诗十首。

> 直如朱丝绳，清如玉壶冰。何惭宿昔意，猜恨坐相仍。人情贱恩旧，世路逐衰兴。毫发一为瑕，丘山不可胜。食苗实硕鼠，点白信苍蝇。凫鹄远成美，薪刍前见凌。申黜褒女进，班去赵姬升。周王日沦惑，汉帝益嗟称。心赏固难恃，貌恭岂易凭。古来共如此，非君独抚膺。（六朝人鲍照同题诗）

炎炎者烈火，营营者小蝇。火不热真玉，蝇不点清冰。此苟无所受，彼莫能相仍。乃知物性中，各有能不能。古称怨报死，则人有所惩。惩淫或应可，在道未为弘。譬如蜩鷃徒，啾啾啅龙鹏。宜当委之去，寥廓高飞腾。岂能泥尘下，区区酬怨憎。胡为坐自苦，吞悲仍抚膺。（唐人白居易《反白头吟》）

第五章

汉乐府女性题材的娱乐价值

•城中好广眉，四方且半额

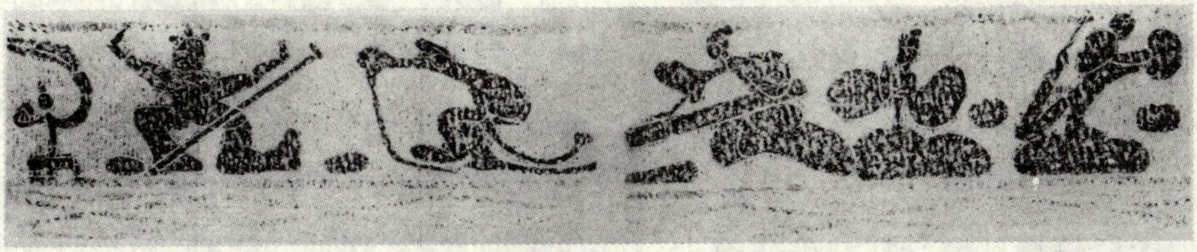

《舞乐百戏》河南南阳市西郊汉墓

娱乐价值是文学作品社会功能的有机组成部分，是文学接受的重要环节，亦是由文学发生学所决定的文学作品的本质属性之一。汉乐府女性题材作品的娱乐价值主要体现在作品的民歌特质和娱乐化倾向两个方面。

第一节 民歌特质

古代民歌主要分为五类，包括劳动歌，即配合劳动动作而歌，对劳动起到一定的鼓舞作用，同时也有调节情绪的作用；仪礼歌，指伴随民间祈年庆节、贺喜禳灾、祭丧凭吊以及日常习俗活动而吟诵演唱的歌；仪式歌，是与节令和其他祭祀等仪式相结合而诵唱的歌，主要内容为祭神求福、祈保丰收等；时政歌，反映民众对政治事件的认识和态度；生活歌，反映一般社会、家庭生活和日常劳动生活等各个方面的歌，如情歌、儿歌、童谣等。

在汉乐府女性题材诗作当中，以上五类古代民歌形式都时有展现。这些颇具民歌特色，甚至本身就是当时由民歌直接采录而来的诗作，在人物形象塑造和诗歌的思想内容等方面，民歌独有的时俗性、浅陋性和时效性等特征均有所反映。贯穿在这些民歌当中的汉代民歌质朴、清新、直白而善恶分明的民间美学风尚尤其突出。

一　诗作人物形象塑造的民歌特质

女性人物形象的脸谱化。汉乐府诗歌中女性形象塑造的民歌特质最鲜明地体现在女性人物的“脸谱化”上。首先，在具有浓郁民歌意味的汉乐府诗歌篇目中，女性形象大多被简化为善恶毕现、一目了然的脸谱形象。

作为负面“脸谱”出现的有：《汉成帝时燕燕童谣》中的“燕燕”形象。这首针砭时弊的童谣为了适应儿童的善恶判断标准和他们理解复杂生活现象的能力，将现实生活中的赵氏姐妹借代为“燕燕”的动物形象，并直接赋予这一形象以凶残、无情、狠毒却又力量强大的行为特征。这是童谣中常用的人物简单化、拟物化之塑造手法的体现。同时，诗歌将现实生活中时人对于赵氏姐妹的惧恨之情作了夸张处理，使得这两位女性的形象在歌谣中被彻底地妖魔化了。进行这样处理过的童谣，可以迅速在儿童心目中树立起生动的、确定的、长期存在的人物脸谱和善恶判断。

《后汉桓帝初城上乌童谣》（《乐府诗集》卷第八十八　杂歌谣辞六）篇中，女性人物也被塑造为了变形丑化的“脸谱”：“城上乌，尾毕逋。公为吏，子为徒。一徒死，百乘车。车班班，入河间。河间姹女工数钱，以钱为室金为堂。石上慊慊舂黄粱。粱下有悬鼓，我欲击之丞卿怒。”据《后汉书·五行志》记载：“桓帝之初，京都童谣。按此皆谓为政贪也。……‘河间姹女工数钱，以钱为室金为堂’者，灵帝既立，其母永乐太后好聚金以为堂也。”

这说明这是一首以政治讽喻为目的的时事童谣。在诗歌中被丑化为“河间姹女”形象的竟是永乐太后。汉代时道士炼丹之风已经开始盛行，在道士炼丹的术语中，称水银为“姹女”，《参同契》卷中曰：“河上姹女，灵而最神，得火则飞，不见尘埃。”同时，“姹女”又有“妖艳之少女”意。《后汉桓帝初城上乌童谣》中的“姹女”一词也可作“妖女”。可见此处称其“姹女”，并非赞美永乐太后的美丽，只是比喻她喜爱打扮，妖艳而不庄重。现实生活中的“太后”形象在诗歌中则变形为“少女”，愈添讽刺意味。诗歌中又将其比附为“灵而最神”的水银，更是讽刺她聚财有道，贪敛无度，只会“工数钱”，虽有高贵的身份却丧德败行。诗作将“太后”这个高高在上的女性形象托比为颇善敛财的“美女”，其高贵外表下的丑恶灵魂昭然若揭，恰是女性负面脸谱的一个典型代表。

其次，在一些经过了文人加工处理后的篇目中，也存留着以讽喻、抒情等为目的的将女性人物作负面脸谱化处理的现象。如《孤儿行》中的“大嫂”，只会“令我行贾”，“独且急归，当兴校计”……毫无家庭成员之间起码的相互照应，也不顾及丈夫的感受和邻里的口碑。在对待幼弟的问题上连一般女性本能的、最基本的善意一点儿都没有。显然，诗歌在此处对“大嫂”形象所作的，是一种对家庭生活实际作出选择、提炼之后的“脸谱”化处理。这样一来，在诗歌中“孤儿”与兄嫂的关系，就被完全简化为弱与强、统治与被统治，尖锐而不可调和的矛盾对立关系了。这种人物塑造方法，仍带有“民歌”式简单、粗糙的特征。

在诗作中作为正面“脸谱”而出现的女性形象有《京兆谣》之“爱如母”等。“母”之形象在诗歌中被视为了“爱”的代言和化现，同样也是民谣中“时政歌”简白分明之抒情方式的体现。女性形象在此被最大限度地泛化、简化为代表“善良”的脸谱。如在《陌上桑》中，罗敷的外表与心灵俱美，智勇双全，三言两语就使“使君”落荒而逃。这首诗歌中的人物形象塑造，以及结构矛盾冲突的办法，也带有明显的民歌“生活歌”中脸谱化处理人物、处理事件的痕迹。

与民歌特质中处理女性人物形象往往采用“脸谱化”相呼应的是，在汉乐府女性题材诗作当中，既有深入探索女性内心世界，用性灵之笔体察女性情思的“境界”之作；亦不乏颇具民歌特色，对于诗歌中的女性形象不作深度开掘，仅用女性人物表象化的爱憎之情、言行之象为诗歌主题服务的作品。而这些作品，亦不乏文人诗作。如《君马黄》与

《圣人出》中的"美人"形象。前者言"美人归以南，驾车驰马，美人伤我心"；后者言"美人哉，宜天子"。两首诗歌的叙述视角和情感视角全都在于君主这一面。虽然在诗歌中也具有表现"美人"自身爱憎之情的语句，但这种描写并非为了体察女性的内心情感，而仅仅是为了描写女性的心理变化对于男性带来的影响。在这里，与民歌中"生活歌"之情绪抒发浅白直接相类似，对于美人形象的处理，相对浅表化、表象化。

《曾母投杼》山东嘉祥县武梁祠后壁画像石

二　诗歌思想内容的民歌特征

汉乐府女性题材的诗作中不仅有女性形象塑造流于俗见、止于表象的篇章；也有在思想内容上，部分篇目存在着好恶之情简单，思辨深度不足的现象。如《蛱蝶行》篇，写被掳入深宫的女子，感受到了突如其来的灾难性痛苦。诗歌将"民女"与"官吏"置换为无辜的"蛱蝶"与凶狠的"养子燕"，以"燕"对于"蛱蝶"的无情扑杀来表现汉宫选秀给民间女子命运带来的不幸，固然十分真切，但却将这个在民间，同时亦是诸多"良家子"十分心向往之的出人头地之捷径，许多人家飞黄腾达之希望的社会现象，完全简化成了统治阶级对于民众的强权。既略去了这种社会现象在生活中给人们带来的复杂影响，也删减了这一社会现象的复杂内部结构。这正是民歌作品就事论事，缺乏理性思辨和缺乏对生活现象深度概括的表现。这种就具体事件、具体场景，写具体人在具体情境下感受的创作思维模式，其思想性往往较弱，然而其描画具体人的心态，却是最原生态的第一手资料。

与这首关于宫廷选秀制度的诗歌相呼应、相印证的，是《卫皇后歌》(《乐府诗集》卷第八十四　杂歌谣辞二)："生男无喜，生女无怒，独不见卫子夫霸天下。"其意与《蛱蝶行》全然相反，《卫皇后歌》所写的，恰是君王的宫廷之宠给民间女性及其家庭所能带来的极致尊荣："霸天下"。诗歌借女性受帝王宠幸后的荣华，貌似讽刺世人重男轻女的积习，实际上传达出的却是对帝王纵权外戚行为的不满。世人将帝王给予娇妻一家"贵震天下"的地位的惊骇和不平，转化为了对于"生男喜"、"生女怒"这一普遍社会现象的反思，看似要为女性社会地位翻案，实则远远没有击中要害。须知"卫子夫霸天下"的局面，归根结底不是女性地位的上升，而恰恰是男性统治者汉武帝其最高权威、最高意志的体现。这种把对社会制度的不满，简单地怪罪于女性社会地位的畸形拔高，也正是民歌思想局限性的体现。白居易《长恨歌》化引《卫皇后歌》："姊妹弟兄皆列土，可怜光彩生门户。遂令天下父母心，不重生男重生女。"初看上去两首诗歌意思相近，比较文章主旨，却可看出《长恨歌》远远超越了民歌的视角，是对于这种社会现象实质的讽刺和思考。

鲜明的时效性，是汉乐府女性题材诗作中民歌特质的又一重要体现。这一特征主要体现在非文人自觉创作的作品当中。如《铙歌》之《思悲翁》、《君马黄》《圣人出》等，均是为记录统治者生活情趣而创作的。这类诗作往往不追求社会普遍意义以及对于"人所共有之情"的描摹；在艺术上也往往显得粗朴简陋。由于仅为记录一时一事，因此一旦脱离了具体的时空环境，诗歌的内容便显得抽象、晦涩，难于理解。在《乐府诗集》"杂歌谣辞"部记载的汉时谣曲，也大都具有鲜明的时效性特征。这些民歌以解一时之愁，平一时之意气为诗歌创作的基本出发点，娱乐等功能远重于思想艺术价值。

三　诗歌中的方言、乡乐元素

汉代是一个杂糅了以秦文化为主要形态的中原文化与以楚文化为核心框架的南方文化的文化面貌复杂、地域性文化元素含量丰富的时代。汉代的社会文化生活中这两支文化生命往往呈现出杂糅交错的生长状态。具体到汉代的乐府民歌当中，由于诗歌的创作者和传唱者各自秉持的地域性文化血脉各不相同，就使得汉代的乐府民歌中记载下了普通民众身上携带的颇具现场感与时效性的基础性文明符号。汉乐府民歌中南北不同的方言痕迹正是其中的重要特征。由于郊庙乐府直接服务于中央政权，其唱词、配乐当依据当时规范的官方语言和乐曲模式。在这种情况下，只有在来自市井乡间的民歌中，人们才会无所忌惮地运用生活中千差万别的方言乡音和地方音乐中的器乐、唱腔。而方言、乡乐元素的显现，又正是这些诗歌民歌特征的明证。

《玄鸟》浙江海宁县长安镇汉墓

1.“西音”元素

“西音”即秦声。《史记·蔺相如列传》载：“蔺相如前曰：‘赵王窃闻秦王善为秦声，请奏盆缻秦王，以相娱乐。’秦王怒，不许。”杨恽在《报孙惠宗书》中又云：“家本秦也，能为秦音。妇赵女也，雅善鼓瑟。……酒后耳热，仰天拊缶而呼‘呜’‘呜’。”

“西音”或秦声，作为秦地自秦汉时起就已经具备了相当固定特征的方言，不仅在语言表达上，在秦地的民间音乐娱乐活动中也颇具特色。《白孔六贴》云：“琴、瑟、筝、筑皆一。”琴、瑟、筝、筑，正是“秦声”常用的乐器。曹植诗《箜篌引》中曾有“秦筝何慷慨”句，初唐诗人李峤诗《筝》中更指出：“莫听西秦音，筝筝有余哀”。慷慨悲凉，清刚激烈，正是秦筝的风格之所在。司马相如自作《琴曲二首》，运用了秦声的悲凉深情，“时未遇兮无所将，何悟今夕升斯堂”，“交情通体心和谐，中夜相从知者谁。双翼俱起翻高飞，无感我思使余悲”，才能“挑”得文君之心，使其断然于“是夜，亡奔相如”。

除音乐元素之外，“秦声”的方言特征在汉乐府诗歌中也时有显现。汉代的秦声保留有游牧民族自阿尔泰语系转入汉藏语系中特殊的善于使用入声的发音习惯。隋人陆法言《切韵序》中论述道“秦陇则去声为入”。显示秦声的入声发音特点，《上邪》一诗便是一个很好的例子：

> ……山无陵，江水为竭，冬雷震震，夏雨雪，天地合，乃敢与君绝！

其中的“竭”、“雪”、“绝”都是秦声中的入声字，与诗中所表现的激烈情感配合得天衣无缝。而诗歌中女子的刚烈至情，又正是北国女儿粗犷质直性格特征的外化。《上邪》的创作、传唱于秦方言人群的民歌特质，正从其运用的秦音中得到了最好的明证。

2. 楚声元素

与“秦声”相类似，汉代的楚声也具有高锐慷慨的乐音特征。《楚辞·招魂》中就有“宫庭震惊，发激楚些”的描写。宋人洪兴祖补注曰：“其乐促迅哀切也。”

楚声在同样悲凉激越的同时，也具有不同于秦声的，淋漓跌宕；缠绵诡谲；更长于抒发幽眇情思的艺术特质。陆机《太山吟》言：“慷慨激楚声”；《隋书·经籍志》中也论楚声之特点：“隋时有释道骞，善读之，能为楚声，音韵清切”。明人熊太古更进一步概括了楚音与北方方言

的不同："读之音节顿挫，足以继诗之变。"（《冀越集》）

在汉乐府女性题材的民歌当中，时有楚音方言元素出现。如楚音中常用的"兮"字。如《越人歌》，收录入《乐府诗集》的是其壮语原歌的楚语译本。在由壮语翻译为楚语的过程中，原诗所传达的情怀经过了楚文化思维的解读和楚音语言特质的再现，从而裹挟上了浓郁的楚语方言风味：

> 今夕何夕兮搴洲中流，今日何日兮得与王子同舟。蒙羞被好兮不訾诟耻，心几顽而不绝兮得知王子。山有木兮木有枝，心说君兮知不知。

诗歌中"兮"字的运用是其婉转抒情的重要辅助手段。全诗共使用"兮"字六次，每句的句中均用一"兮"而作停顿，既是音节的分隔，也是演唱者唱腔的折转，气息的顿挫，更活画出越女热情中不乏羞怯，欲言又止，苦涩却热烈的暗恋之情。楚人多情、深情，外表柔婉而骨格刚毅，如山鬼般具有天然的蛊惑力，其语言中"兮"字的大量使用正是这份气质的绝妙注解。而《越人歌》中兼收了越人与楚人两重语言特质的民歌意味也因此越发凸显了。

同样出色地运用了"兮"字的还有汉武帝《秋风辞》：

> 秋风起兮白云飞，草木黄落兮雁南归。兰有秀兮菊有芳，怀佳人兮不能忘。泛楼船兮济汾河，横中流兮扬素波。箫鼓鸣兮发棹歌，欢乐极兮哀情多，少壮几时兮奈老何。

可以想见，汉武帝本为楚人，是用乡音构想、写就，并唱诵了这首诗歌的。与《越人歌》类似，《秋风辞》也在每句的句中插入"兮"字作顿，将身为帝王而俯仰宇宙洪荒，所获得的有生之寂寥与情怀之旷远渲染得恰到好处。胡应麟《诗薮·内编》卷三云："秋风百代情至之宗。"其中，楚方言"兮"字正为其"情"点燃出了楚人独有的风骚兴寄。沈德潜在《古诗源》卷二中评点《秋风辞》道："《离骚》遗响。文中子谓乐极哀来，其悔心之萌乎？"点明了其民族歌诗传统的承继之脉。

此外，在司马相如《琴歌二首》和蔡文姬《胡笳十八拍》中，出现了楚音元素“兮”与秦声乐器共同使用，唱词与演曲中交糅西音、楚音民歌特色的现象，这正是汉代社会南北文化之交流融合在乐府诗歌这一非严肃的文学体裁当中的体现。尽管这些乐府诗歌并非来自草根，但其中的民歌风味，以及其流传过程中的民歌功用，却通过其中诸多的方言、乡乐元素显露无遗。

3. **蜀音元素**

除了西音与楚声之外，汉乐府女性题材诗歌中还保存了汉代的蜀地方言元素。如其中的爱情民歌《有所思》“妃呼豨，秋风肃肃晨风飔，东方须臾高知之”句中的感叹词“妃呼豨”，即是典型的蜀地方言用语。李白名篇《蜀道难》中即有“噫吁嚱，危乎高哉”句。其中的“噫吁嚱”与“妃呼豨”从结构到发音都极其相似，当属同一方言语汇的不同文字表达。宋人宋庠在《宋景文公笔记·卷上》记载：“蜀人见物惊异，辄曰‘噫吁嚱’。”

第二节　娱乐功能

历史记载和考古实物证明，早在先秦时代，用器乐来进行“娱乐”，就已经成为了贵族生活的一部分。在《诗经》产生的时代，诗歌中来自文学发生学的娱神功能和社会功用范畴的娱乐功能，就存在于这部杂录着庙堂歌乐、郊祭乐歌与民间杂谣的诗歌总集当中。两汉乐府诗歌继承了《诗经》的传统，其作品中既有清朗高雅的性灵之作，亦不乏出于“娱乐”目的而创作的非严肃文学作品。这部分非严肃作品正如今日之“畅销书”的功能，在社会上传播，可以起到缓解社会压力，抒发人之余情，活跃生活，同时对欣赏者起到普及性美学陶冶的作用。在这类作品中以描摹女性为主要视角的女性题材诗歌尤为突出。需要指出的是，这里的“娱乐”功能不仅指耳目声色之愉悦，亦包含着来自诗歌“娱神”功能的，人类对于宇宙生命精神的歌颂和思考。

一　中国古代文学艺术发生学意义上的娱乐功能

汉人王逸在《楚辞章句·九歌序》中论述：“昔楚南郢之邑，沅湘之间，其俗信鬼而好祠，其祠必作歌舞以乐诸神。”

这种以《九歌》来“乐诸神”的诗歌“娱神”之起因，在这里被王逸叙述得十分明白。诗歌在产生之初，其“娱神”功能被视作诗歌最为重要的社会功能。先秦时代的诗歌创作者把音乐的节奏和旋律植入语言，将原本固定在生活口语当中的诗歌语言元素重新排列，另择字眼，润色思想，使之较之日常语言，具有了一种全然陌生的，晦涩、别致、悠远的力量。这种独属于诗歌的节奏和旋律，同时也有一种强迫性，可以唤起人们要求妥协和调和的欲望，给人们带来心灵上的呼应和宁静，它超越了语言直接意象的表达，而将之转化为灵魂上的“合拍”。因此，先秦时代的歌者试图用这种“合拍”节奏和旋律去娱神，向“神”献上诗歌并配以音乐舞蹈，试图与神的灵魂产生“合拍”的共鸣，使之愉悦，并降福于人类。

“娱神”功能不仅体现在《楚辞》当中，《诗经》中所记载的原始乐舞及夏、商、周三代乐舞，都有极大比重的是为“娱神”而作。正如《吕氏春秋·仲夏纪·古乐篇》所言：“帝喾乃令人抃或鼓鼙，击钟磬，吹苓展管篪。因令凤鸟、天翟舞之。帝喾大喜，乃以康帝德。”

远古先民这种极富娱乐性质的“娱神”之歌——《诗经》之《大夏》、《九招》、《云门大卷》等，在“娱神”的同时，在社会生活中还起着愉悦精神、净化情操的作用。在《河图玉版》中还记载了与诗歌为姊妹艺术的上古舞蹈：“古越俗祭防风神，奏防风古乐。截竹长三尺，吹之如皋，三人被发而舞。”可见诗歌及舞蹈并非中原、楚湘等文化根系较发达的地区所独有，发源于上古时代各地的诗歌舞蹈都具有“娱神”和“娱人”的功能。

在诗歌的发生学因素当中，诗人作为人类意识形态的一种物化形态，在其创作动机中，也不乏为了满足人类自身声色耳目之娱、感官刺激、情绪发泄乃至好奇心、虚荣心、心理平衡之需求等复杂生命需要，从而生产颇具娱乐性功能的作品。然而在汉代之前，由于文学形态本身的不发达，社会阶层构建本身的不成熟以及物质生活尚不富足等一系列条件的制约，诗歌作品中承载娱乐功能的作品还较少出现。《诗经》当中，仅有部分诗作蕴含了尚不明显的娱乐性因素。如《硕人》篇中对于女性面貌之美、体态之美的描摹，其中就蕴含着对于人体美之容色的愉悦品味和欣赏。又如《芣苡》篇“薄言采之”、“薄言有之”、“薄言掇之”、“薄言捋之”、“薄言袺之”、“薄言襭之”，就是对欢快的劳动场面，直白描摹式的反复吟唱。尽管如此，但不可否认的是，中国古代文学艺术，尤其是上古时期的文学艺术，确实已经产生了具有我们民族特点，朴拙美好的娱乐功能，并且深刻地影响了后世。

《蟾蜍》陕西米脂县汉墓

二　汉乐府女性题材诗作叙事视角的娱乐性质

时至汉代，由于社会环境和平，国家统一，四海晏清，统治阶级重视农桑，使得汉人享有了前所未有的，丰沃而从容的世俗生活。因此，在汉代的文学作品中，社会一派生机，人间生活充满了热情和活力，天地自然间的一切境物，都被汉人饶有兴致地聆赏着、肯定着，从中寻找出生活的无限乐趣。在这种社会氛围之中，文学，自然也要部分地承担起人们由于精神旺盛、兴趣广泛而要求的娱乐功能。

1. 男权视角

汉乐府诗歌作为一种诗乐、歌谣相结合的非官方、非“雅”之文学形态，显然比之汉代大赋，要更多地承载起汉代人的娱乐审美需要。在此其中，女性题材作品又以其更容易成为男性视角的观照对象，更具有生活细节的琐细之趣味，而具有了尤为活泼有味的娱乐价值。

以男性之视角来观察、玩味、品评女性生活，以获得轻松之趣味，这是汉乐府女性题材诗作娱乐价值的一个中心。

首先，以男性视角品评女性之品格。就男性视角而言，尽管身处女性贞操观念尚未成为桎梏的汉代，但“从一而终”仍是男性最为欣赏的女性品格。如《陌上桑》，极写罗敷拒绝使君，心属夫婿。正契合了诗歌的男性阅读者的心理期待和心理满足。相似的还有《秋胡行四解》中的秋胡妻，无原则地，甚至牺牲生命去维护“理论上”的忠诚，无疑也是来自汉代社会男权视角下对于女性人格扭曲之要求。在对“节妇”节行的激赏中，无疑能使男性强化自己对于女性的统治感、拥有感，以获得一种“自我心理满足”的阅读愉悦。

其次，以男性视角玩赏女性之穿着容貌。汉乐府女性题材诗作中对于女性容貌服饰的玩赏，往往也带有男权视角下的“物化”倾向。如描写采桑女罗敷、莫愁、董娇娆、曹植之“美女”等，一方面提笼采桑，从事生产劳动，一方面却穿金佩玉，打扮得华贵非常。这种女性形象身份、环境场合与装扮的严重不真实、严重错位，正说明了在这些诗歌的创作者和预期的欣赏者的视角当中，既希望女性安守本分，从事劳动生产，对家庭的实际生活有所补益，又幻想女性能美如巫山神女，餐风饮露，完全不沾上人间烟火的劳苦气。这种违背了生活真实的女性造型，也正是男性出于一己之实用与欣赏、物欲需求与精神审美需要在这种衡量女性的双重标准之下，对于女性人物采取的是非严肃，更非美化与尊重的，甚至是带有扭曲意味的外貌描写。其背后主宰的，正是男权视角下，以女性作为娱乐对象的心理显示。

第三，以男权视角领受女性之隐忍。在男权视角的观照之下，生活中女性对于男性的隐忍和服从，也可以为男性诗歌欣赏者带来心理上的愉悦和满足，甚至可以用来平衡其在社会生活中受到挫折、打击的精神，这正是娱乐功能中虽然庸俗，却也往往是文学艺术作品，特别是面向市民阶层的文学艺术作品当中不可或缺的一项功能。鲁迅先生曾言：

> 但是“台”没有臣，不是太苦了么？无须担心的，有比他更卑的妻，更弱的子在。而且其子也很有希望，他日长大，升而为“台”，便又有更卑弱的妻子供他驱使了。①

男权压迫视角下作品中的女性形象，正可以满足男性发泄社会不公给自身造成的压力，用女性的隐忍和不幸来愉悦自己的身心。如《东门行四解》中的发誓“他家但愿富贵，贱妾与君共餔糜”的妻子，全身心的托付换来的只是男子的训斥；又如繁钦《定情诗》里感叹“厕此丑陋质，徙倚无所之。自伤失所欲，泪下如连丝”，却怨而不怒，捐弃不悔的弃妇；曹植《弃妇诗》里非但没有悲愤，反而“晚获为良实，愿君且安宁”的被休之妻。对这些不符合人之正常心理的女性隐忍之描写，可能就是当时家庭生活中女性实际生存状貌的摹写，但其中更能看出男性在得到女性的服从之后获得的品味低下的快乐和满足。

2. 市民视角

市民视角的娱乐功能主要体现在对于物质生活之繁荣的描摹，对于劳动之美的歌唱，对于社会风尚的感叹等方面。在汉乐府女性题材的诗作当中，这些出于市民眼界和思想认识水平的娱乐关注点，都有所体现。如《相逢行》篇中所描写的“君家诚易知，易知复难忘。黄金为君门，白玉为君堂。堂上置樽酒，作使邯郸倡。中庭生桂树，华灯何煌煌”。

---

① 《鲁迅全集》第一卷《坟·灯下漫笔》，人民文学出版社 1956 年版，第 315 页。

"入门时左顾，但见双鸳鸯。鸳鸯七十二，罗列自成行。音声何雍雍，鹤鸣东西厢"。对家族生活中器用精美、举动奢华，以及富贵家庭在物质上，在精神面貌上的富足、充裕、优雅和雍容，都表达出发自内心的欣赏和羡慕。这种对于物质生活的贪恋和欣赏，正是市民阶层精神的直接化现。

在《江南》篇中，市民阶层所体味出的，是女性劳动之美、之欢愉、之活力。女性在颇具美感的生产劳动中，自然散发出的情欲之诱惑力，也被市民阶层的诗歌作者敏锐地感知，并不动声色地再现了出来。带给诗歌欣赏者的除了劳动中女性的活力之美，更当另有隐秘的阅读快感。

《城中谣》篇，则是汉代市民对于社会时尚，特别是对女性的服饰时尚进行品评的最集中代表："城中好高髻，四方高一尺。城中好广眉，四方且半额。城中好大袖，四方全匹帛。"《后汉书·马廖传》中记载："时皇太后躬履节俭，事从节约，廖虑美业难终，上疏长乐宫以劝成德政，曰：臣案前世诏令，以百姓不足，起于世尚奢靡，故元帝罢服官，成帝御浣衣，哀帝去乐府。然而侈费不息，至于衰乱者，百姓从行不从言也。夫改政移风，必有其本。《传》曰：'楚王好剑客，路人多疮疤；吴王好细腰，宫中多饿死。'长安语曰：'城中好高髻，四方高一尺；城中好广眉，四方且半额；城中好广袖，四方用匹帛。'斯言如戏，有切事实。"

这种"上有所好，下必效焉"的社会现象除了引出学者的政治经验之谈之外，在市民眼中，更充满了生活本身的乐趣。百姓，尤其是女性对于宫廷贵族们奢侈之风，衣饰之尚的认同和追逐，正是女性进入了城市生活后，对于流行时尚天然的敏感追求和勇于尝试之心理体现。在汉代市民的眼中，女性们不断根据皇宫的流行来改变着自己的发型、妆容和衣着，无疑给市井生活增添了不少变幻不定的"美"之亮色。人们只要从身边善变的女性服饰上，就可以推测出深宫贵族，乃至全国城市的时尚之风，以及全国淑女的扮美之法了。这无疑是一种使人愉快而且轻松的审美体验。市民们不断地评论着女性多变的服饰，赞其美，惊其异，这正是生活中琐碎的，却又使人乐此不疲的日常乐趣之所在。

同时也可看出，人们对追逐时尚的女性，往往着力将时尚元素夸大到极致。对于女性甚至不考虑自身的体貌特征颇为天真的“逐美”行为，既感到可笑，又不免为之感动。这是诗歌娱乐价值中一种健康的、充满好奇心的表现。

三 汉乐府女性题材诗作描写技巧的娱乐性质

汉乐府女性题材诗歌在描写技巧的使用上，也往往着力采取较适合市民鉴赏层次与欣赏口味的方式，通过有针对性的特殊方式，来强化诗歌的娱乐性。

1. 夸饰技巧

为了强化诗歌中意象、行为的形象性和立体感，从而使受众获得更为鲜明的直观感受，调动诗歌欣赏者的兴趣，在汉乐府诗歌当中，对于事物的形态和人物的行为，作者往往采取夸饰手法，用变形和夸张，对之加以强调，着力渲染。

首先是对于人物形象的夸饰。如《孤儿行》篇中“头多虮虱，面目多尘土”句，“怆怆履霜，中多蒺藜。拔断蒺藜肠肉中，怆欲悲”句，“泪下渫渫，清涕累累。冬无复襦，夏无单衣”句的连续使用，虽然是对于孤儿形象的写实性细节描写，但一连串的惨景之叠加描摹，显然是有意为之，使得欣赏者于一系列同一性质的密集意象中得到关于孤儿栖惶生活的一致性感性认识和情感倾向。这种反复强调人物形象一个主体性面景的人物塑造方法，本身就是叙事性通俗文学中经常使用的一种描写技巧，其带给接受者的形象刺激是强烈的，同时连续性的刺激也会产生夸大人物形象某一侧面特征的效果。张玉穀《古诗赏析》中论此诗“或止述史事，而已意默寓”，正是对作者为了使诗歌获得夸饰性表达效果而采取的描写技巧的认同。阮瑀《驾出北郭门行》篇对孤儿“骨消肌肉尽，体若枯树皮”的描写，亦属此目的下的夸饰。

又如《羽林郎》中对于胡姬外貌“头上蓝田玉，耳后大秦珠。两鬟何窕窕，一世良所无。一鬟五百万，两鬟千万余”的描写，将面貌描写的视点聚焦在原本处于配饰位置的钗环及耳坠，夸大了其在人物

外貌上的修饰作用，又用其替代了对于胡姬面容的具体描摹。以期使整个人物形象笼罩在一片珠光玉润当中。对于其发型之美的击赏更是夸饰作用的最好体现。将胡姬的发型之美夸大到“一鬟五百万，两鬟千万余”的程度，从而使得胡姬的人物形象产生了某种类似于当代卡通读物中线条和色彩无比夸张夺目的造型。这种夸饰后的人物形象显然有助于实现作品的娱乐趣味，会使欣赏者轻松地获取关于人物形象的最鲜明特征。这种特征尽管夸张却并不失真，恰符合汉乐府诗歌的娱乐功能。

《秋胡戏妻》四川新津县崖墓石函画像

其次是对于人物行为的夸饰。如《有所思》篇中的“闻君有它心，拉杂摧烧之，摧烧之，当风扬其灰”。极写少女惊闻情变时的怒火，居然能将“双珠玳瑁簪，用玉绍缭之”这完全由耐火材料制作成的首饰“拉杂摧烧”至灰烬。这看似“不可能完成”的夸张行为，正活画出少女心中如火燃烧的无穷恨意。而“挫骨扬灰”式的极端行为，放置在情诗当中，其感情色彩的浓烈与天真，无疑会使欣赏者感受到一股山歌俚曲般大胆质朴的野性之纯情，获得痛快淋漓的娱乐体验。

又如《陌上桑三解》中著名的侧面描写："行者见罗敷，下担捋髭须。少年见罗敷，脱帽著帩头。耕者忘其犁，锄者忘其锄。来归相怨怒，但坐观罗敷。使君从南来，五马立踟蹰。"虽然当男性见到美丽的女性时往往确实会变得言行迟钝甚至魂不守舍，但诗歌中这一连串男性面对罗敷时的近乎"痴傻"的入迷之状，无疑远远超出了生活的真实。尽管如此，该诗的描写却又未及《佳人曲》中"一顾倾人城，再顾倾人国"的神妙绝俗的幻境。这些描写会使历代的欣赏者于此处立刻联想到自己的生活体验场景，从而发出诙谐的笑意。

2. 浓艳单色的运用

李浩在《唐诗的美学阐释》中曾论述道：

> 色彩是光的组成部分，是能见的一部分电磁波。人们能感受到光的不同频率，就如同能感受到不同的声音频率一样。对不同声频的感受是音调，对不同光线的感受则是色彩。色彩能唤起人们的一定反应，表达不同的感情，甚至有一定的象征意蕴。①

在诗歌意象的建构中，色彩的运用是标明其格调、气质的重要手段。非写实性色彩、光感强烈的色彩在人物、事物描写中的出现，亦有助于其娱乐功能的实现。由于在汉乐府诗歌产生的时代，文学还未进入自觉创作的阶段，相对而言在描述性色彩的使用上，汉诗仍以平实的描摹记录为主，并未出现如唐人诗作中"黑云压城城欲摧，甲光向日金鳞开。角声满天秋色里，塞上燕脂凝夜紫"（李贺《雁门太守行》）；"翠深开断壁，红远结飞楼"（杜甫《晓望白帝城盐山》）；"遥裔双彩凤，婉娈三青禽"（李白《寓言三首》其二）似的光怪陆离而激荡人心的炫目世界。纵览汉乐府女性题材诗作，所得到的，是一幅色泽清素淡雅，柔柔妍妍的绘画长卷。汉乐府女性题材诗作中为了加强意象的聚焦程度而在色彩

① 李浩：《唐诗的美学阐释》，安徽大学出版社2000年版，第123—124页。

描写上进行的超出常规的努力，更多地体现在对于浓艳的单色的强调上。

如《陌上桑三解》中对罗敷衣着“湘绮为下裙，紫绮为上襦”的着色。“湘绮”为黄色的丝绸。紫色上衣配以黄裙，在色彩的搭配上并不十分和谐，却相当艳丽。上身是收敛的暗色而下身是张扬的亮色，将罗敷独一无二的身影标识得分外夺目。从视觉效果来说，也同样产生了类似于卡通人物形象的色彩之专属性。

又如班婕妤《怨歌行》之“新裂齐纨素，鲜洁如霜雪。裁为合欢扇，团团似明月”；卓文君《白头吟》之“皑如山上雪，皎若云间月”。通篇笼罩的白色铺陈，也都是通过这个极富光感的单色，来增强诗歌情感的“可视性”，使其更便于欣赏者聚焦。

3. 简短句式的娱乐性

中国古典诗歌的体式，最先成熟的是以《诗经》为代表的，比较简短、朴素的民歌体。《诗经》的诗篇一般都属于以四言句式为定格的抒情诗。而至屈原《楚辞》的出现，显著地扩展了句式的长度。《楚辞》虽也是抒情诗，但大大加强了铺陈和叙事的容量，极大地扩展了诗歌的抒情功能。但同时，这种句式较长或较为复杂的文人诗歌，从一定程度上限制了其在普通民众范围内的诵唱和流传。时至汉代，乐府诗歌仍普遍采取了较为简短的句式，以配合民间乐曲富于节奏感的、简洁明快的曲风。在汉乐府女性题材诗作当中，五言以及五言以下句式的诗歌占了其中的绝大多数，一些俚曲、童谣如《京兆谣》、《汉成帝时燕燕童谣》、《后汉桓帝初小麦童谣》、《后汉桓帝初城上乌童谣》等甚至多采取三言句式：

> 我府君，道教举。恩如春，威如虎。刚不吐，弱不茹。爱如母，训如父。（《京兆谣》）
>
> ……张公子，时相见。……燕飞来，啄皇孙，皇孙死，燕啄矢。（《汉成帝时燕燕童谣》）
>
> ……吏买马，君具车……（《后汉桓帝初小麦童谣》）
>
> 城上乌，尾毕逋。公为吏，子为徒。一徒死，百乘车。车班班，入河间。……（《后汉桓帝初城上乌童谣》）

相对而言，这些句式简短的诗歌更有利于直抒胸臆，明确地抒发诗中的情感和主张；同时其节奏快而有力度，具备了集体说唱性质的较强的娱乐化特征。适合市民阶层消闲解颐、舒散心情的需要。

四　汉乐府女性题材诗作的娱神功能

在汉乐府女性题材诗作当中，先秦诗歌“娱神”功能的余脉仍时有行迹。诗歌作品中“娱神”精神指向的遗留，也是由诗歌发生学所决定的，广泛存在于诗歌作品精神内核当中的一种基本属性。

首先，以女性为描写对象的诗歌作品，对于女性的咏叹，常常会上升到与超验的、诗性之“神”的沟通层面。

如前述《李延年歌》篇，从其精神内核的迷醉体验角度看，就颇有与曹植《洛神赋》相类似的，从“悦女”抽象出提纯出的“母神膜拜”情愫蕴于其中。又如《陇西行》篇在叙述“健妇”之事前先以大段的天人之事起兴，又有“顾视世间人，为乐甚独殊”之句。而诗歌后来描写的“世间人”之事，就有了用“世间”事来酬答、回应天人之想的因果关系和承接逻辑。对于人间“健妇”佳事的关注，也成为了在一种来自于“神性”的，对于女性品德的教化之下，世间人的遵行和对于“神性”的回答。“娱神”的意味在诗歌中隐没在起兴的诗歌创作手法背后，其情绪间的呼应却仍清晰可见。

其次，悲剧性诗作和喜剧性诗作共通的娱神性。尼采在《悲剧的诞生》中曾对于悲剧和喜剧的辩证关系有过如下论述：

> 他们是神的难友，同时也是从宇宙心灵里道破真理的智者。由此便产生这个幻想的，似乎不登大雅之堂的形象，聪明而又有灵感……这种后起的艺术叫做阿提刻新喜剧。悲剧的蜕化的形式还留存在它上面，好象是悲剧非常悲惨的暴卒之纪念碑！从这种渊源关系，不难理解，为甚么新喜剧的诗人们对欧里庇德斯抱着这样热情的倾慕。①

① ［德］尼采：《悲剧的诞生》，漓江出版社2007年版，第67页。

在被称为“神的难友”的“智者”眼中，悲剧与喜剧之间存在着某种共通性，两者从起源上来讲，都与人类最初对于神的膜拜和祭奠有关。依据古希腊的戏剧发生理论，悲剧渊源于古希腊，由酒神节祭祷仪式中的酒神颂歌演变而来。在悲剧中，主人公不可避免地遭受挫折，甚至失败、丧命，但其合理的意愿、动机、理想、激情预示着胜利、成功的到来。而喜剧，则是由在收获季节祭祀酒神时的狂欢游行演变而来。在喜剧中，主人公一般以滑稽、幽默及对旁人无伤害的丑陋、乖僻，表现生活中或丑、或美、或悲的一面。两者虽然侧重点不同，但却同起源于对于酒神精神的崇拜，是通过扮演人间的生活百态，来表达对于神祇的毫无保留的敬意。同时，将人生的不同侧面剖析在神的面前，也有人类用自己的生命经历、生命体验来“献祭”于神，使神由对人类的悲喜的俯视中获得超越凡俗的优越感和精神愉悦。

正因如此，在“娱神”的视角当中，所谓悲剧与喜剧，并无本质的区别，都是人生面对不同困境时永恒的求索与挣扎，“娱神”目的折射回人类自身的，是对于人生之悲喜命运深沉的怜悯，是人类在宇宙中永恒寂寥的精神体验。

相类似的观点在东方哲学体系当中也具有更为精当的思辨。佛教密宗麦彭仁波切之《君主法规论》中，就载有佛家教义中“同等当差众眷属，悲喜平等则安乐”的主张。《红楼梦》甲戌本题诗“悲喜千般同幻梦，古今一梦尽荒唐”，则是思想家站在悲悯世人的视角下，对人生悲喜之区别的一种抽离和否定。成功的文学艺术作品，无论展现出的是悲剧的世界抑或喜剧的世界，其本质，都是人生对于自身存在状态的无情剖析和残忍展现。“娱神”的文艺功能归根到底，是人类对于上升到生活之上的，超验的精神故乡的皈依。在西方，这个精神故乡是上帝；在东方，这个精神故乡是佛陀，是涅槃，更是人的灵性的真身。回归到汉乐府女性题材诗作当中，无论是《焦仲卿妻》、《胡笳十八拍》的至悲，还是《陌上桑》、《同声歌》的喜乐，所带给人的审美愉悦的终极处，都是殊途同归的，即对于被具象成为了“神明”的人类精神乡关的怅望。所谓汉乐府女性题材诗作中所具有的娱神功能，正体现在这里。

第六章

汉乐府女性题材的现代意义

•十八拍兮曲虽终，响有余兮思无穷

《出行》河南唐河县电厂汉墓

汉乐府女性题材作品作为中国诗歌史乃至中国文学史上的一颗璀璨明珠，对于其思想内容和艺术风格的开掘和论述，不仅是对于有汉一代文学、美学、哲学、社会学的一番解读，同时也具有着重要的现代意义和现实功用。当代文学中女性形象的塑造，现代文化中女性生命意义的重塑，都可以从中寻找到有益的借鉴和启示。

第一节　有艳淑女在此方

——对于当代文学中女性形象塑造的意义

与《诗经》、与上古神话传说中为“记事”而出现的女性之面影不同，汉乐府中的女性形象，是古代第一群出现在初步自觉的文学作品当中的，成为了存活于艺术当中的立体之“人”的女性生命的标本留存。诗歌中对于汉代女性的选拣与塑造，其视角与手法，即使对照于今世文学作品中的女性形象之塑造，仍然颇具文学眼光、思想上、手法上的可借鉴之处。

一　女性人物的内美形象之启示

在汉乐府女性题材诗作当中，描写了诸如罗敷、刘兰芝、卓文君、酒家胡、董娇娆等一群秀外慧中，艳冠群芳的“佳人”。除此而外，更有一群女性，诗歌中并未描写她们容貌的美丽，却仅用她们言行的良善、聪慧、贤德、慈悲和温存，同样赋予了她们生命以多情和美丽。

如《陇西行》之“健妇”，除“颜色正敷愉”句外，更无外貌描写。然而毕其全篇，一位健美淳朴，卓越多姿，举止温雅，爽朗、聪慧而又善于持家的坚强少妇形象，却活画于纸上，使人未见其形容而尽知其美。《陇西行》中健妇的美，是一种体现在生活中最为日常，却又最令人身心舒畅的美。她勤俭，却又好客，寡居，却并不憔悴。在当代文学当中，也多有对于寡居女性形象的塑造。其中女作家严歌苓长篇小说《第九个寡妇》中青年寡妇王葡萄的塑造，其慈悲的心怀，活泼的情思，隐忍坚强的承担之勇气，健康泼辣的生命力量，汇合而成一尊仪态万方的“地母”造像，其中就正有着《陇西行》里健妇热爱生活而又坚守道德底线的“内美”之余迹。然而《第九个寡妇》中不能免俗的是，作者严歌苓将其笔下的王葡萄又塑造成了一位娇艳欲滴的大美人了。在作品中不断穿插男性眼中王葡萄的面貌、体态之诱人，反而弱化了王葡萄生命内部的性感之美、母性之诱惑。使得书中男性对王葡萄的爱恋变成了更倾向于对其肌体之美的冲动，无意中反而亵渎了其“地母”形象的深层女性生命之活力。《陇西行》全篇只字不言“健妇”容貌之美，体态之娇，却于百字内活画出其生命的和谐之美，健全人格之光芒，这无疑值得习惯了以“美人”为女性形象主干，又以“最美者”为第一女主角的深受了当代视觉传媒对于“女性声色”之狂热追求影响的现代俗文化，以及严肃文学作家在开掘女性美的内在精神核心时，进行一番观照、借鉴和回归。

二　女性生命的“去女性化视角”叙事之启示

在当代女性文学创作领域，不乏女性作家的优秀之作。这些女作家

《东汉献食女陶俑》

出自女性视角的文学作品，往往能揭示出女性生命体验中敏感细腻，甚至秘不示人的思想情感。然而在汉乐府诗歌中呈现出的是，部分上古女性作家在诗歌创作中脱离了女性视角的局限，以一种宏阔的人类生命体验之角度来观照女性生活，这种超越了女性一己怨情之眼光，代表了人类的生命之思，应当于现当代的女权主义、后女权主义、女性主义之外，给予当代女作家以更为宽广胸襟下的审美参照和艺术灵感的启迪。

如班婕妤所作《怨歌行》。全诗以“合欢扇”自比，写扇子在夏天为人所用，到了秋冬天气转凉，就被弃置一旁了。类似的思想，汉初名臣张良所言“飞鸟尽，良弓藏；狡兔死，走狗烹”亦属此类。都是表达了一种在以“用”为关系的人际关系里，拥有主动权者，与被动受统治者之间纯粹的利益关系。推理之，这也正是人们以“物化”的眼光观照社会和宇宙自然，尚未将自身视作天地众生间平等和谐的一分子时，对待“他物”的一种纯功利、纯征服、纯所有的单向度的选择关系。在这种关系当中，人与人、人与自然，都无法达到双向互动共赢的、和谐的生命关系。这种以身份地位、性别或征服力为准则的统治与被统治关系，所造成的，是双方生命共同的损耗和生命质量的降低。

班婕妤从女性在深宫中不能自主沉浮入手，在诗歌中构建出的，却是对于超越了“女性命运”范畴的、更普遍意义上的“生命质量”、“生命意义”命题的体悟和思索。联系到当代文学中对于“女性视角”阈界的争辩，如王安忆《长恨歌》中的王琦瑶、叶广芩《青木川》中的谢静仪等仅沉溺于对“女性”之受损害形象的塑造，其气度胸怀远远不及汉代女性班婕妤的境界。相反，尹丽川长篇小说《贱人》，李晶、李盈长篇小说《沉雪》中的去女性化视角，因深层次吸取了传统文化中“去物我之樊篱”之玲珑兴趣之后，成为了更有深度和功力的女性文学作品。

此外，如蔡文姬《胡笳十八拍》，第一拍即点“乱离”背景：胡虏强盛，烽火遍野，民卒流亡。被掳，是她痛苦生涯的开端与根源。“一生辛苦兮缘别离”。她在南匈奴的十二年间，在生活上和精神上都承受着巨大的痛苦。“胡风浩浩”、“冰霜凛凛”、“原野萧条”、“流水呜咽”，自然环境无比严酷；异方殊俗“毡裘为裳兮骨肉震惊”、“羯膻为味兮枉遏我情”，令诗人倍感“殊俗心异兮身难处，嗜欲不同兮谁可与语”。与此同时，在精神上，诗人还经受着双重屈辱。作为汉人，她是胡人之俘虏；作为女人，她被迫嫁给胡人。所谓“志意乖兮节义亏”。然而诗人仍忍辱偷生，原因在于“我非贪生而恶死，不能捐身兮心有以。生仍冀得兮归桑梓，死得埋骨兮长已矣”。而终于等到了“忽遇汉使兮称近诏，遣千金兮赎妾身”时，却又“喜得生还兮逢圣君，嗟别稚子兮会无因。十有二拍兮哀乐均，去住两情兮难具陈”；“抚抱胡儿兮泣下沾衣……一步一远兮足难移，魂销影绝兮恩爱移”。宋人范时文在《对床夜话》中论曰：“此将归别子也，时身历其苦，词宣乎心。怨而怒，哀前思，千载如新；使经圣笔，亦必不忍删之也。”屈辱的生活刚刚结束，思念亲子不幸，却正当开始：“胡与汉兮异域殊风，天与地隔兮子西母东。苦我怨气兮浩于长空，六合离虽广兮受之应不容。”

这种生命处于历史洪流之中，际遇与悲欢永远处于被动位置，同时始终背负着道德节操之缺憾的女性生命的处理方法，正与现代女作家张爱玲作品中处于战乱流离年代，女性生命在强大的撕裂之力下，于分崩离析中承受着多重生命痛苦的诸多女性形象神韵相通。无论是《倾城之恋》中无力留守心魂的白流苏；《半生缘》里被恶和时间一再欺骗，最终学会忘却的顾曼祯；《金锁记》里人格被正在转型的社会和家庭挤压、碾碎的曹七巧；还是《色，戒》中在家国大义与“情”之觉醒间颤抖的王佳芝，都正是基于这种女性视角，并将关注点放在了社会大变革与女性个人命运的纵横交叉点上，从而获得了身处具体时空环境中，对于当下女性生存状貌，最为个人化，又同时最具普遍性的描述。女性视角最终落脚于“去女性化”的社会体认之中 。至此，可见汉乐府《胡笳十八拍》和其作者蔡文姬在描写刻画女性复杂生命状况方面所提供的范例，仍需当代女作家潜心学习、体味。

第二节　兰有秀兮菊有芳

——对当代文化中重塑女性生命的意义

除了当代女性文学创作，可以从古老的汉乐府诗歌当中汲取文脉给养之外，阅读、研究汉乐府女性题材诗作，更可以为在当代文化中，重塑当代女性生命，汲取来自传统文化、传统诗歌内部之“美”的启示。

一　汉代女性美的现代意义

与民族文化内涵的契合。在文化重建的当代，有关女性美的话题，始终交叠着中国传统女性之温良、婉约；西方女权之个性解放；来自欧洲当代文学中的女性身体意识；来自商业文化中的女性“性”审美；以及后现代“去性别化”后对于女性中性的健康、自信、活力之美等诸多审美元素。女性之美在当代，可以是古典的低眉顺眼之良家子；可以是学府里才貌双全的女才子；可以是商场、政坛一身阳刚之气的女丈夫；可以是T型台上绰约多姿的名模、明星；更可以是风月场上脂香粉艳的俏佳人；酒吧里作金发碧眼状的前卫“辣妹”。女性之美的多元化，往往使得青年女性丢失了自我的个性选择，在风潮的争夺之下，无力判别出自身生命原生态的“美”之属性。

在汉乐府诗歌中，尽管美女如云，却是佳人千面，各不相同。尽管她们姹紫嫣红，姿态各异，但在整一的文化氛围之下，女性之美共同的精神内核，却又遥相呼应。这种“和而不同”的汉代女性之美，很值得当代女性作为参考，重新思考自身的“美”之选择取向，以及在对于传统文化的认同、回归当中，发掘出其“美”的生命原貌。

在汉乐府诗歌当中，不乏浓艳之美。但浓艳之美中透露出的对于色彩、直感、造型等诸方面的审美风尚，却仍蕴涵在汉文化温雅明朗，尚动感却更以庄重为美的女性美之观照标准之中。如佳人们的“坠马髻”，既有妩媚之色，又具娇柔之态，充分展现了汉代女性温存婉约、妩媚又内敛的柔美之态。汉阳陵、茂陵出土的汉侍女俑，均梳坠马髻，眉目清淡婉约，颇具关中地区女性的面容特点，面庞线条柔和，肤色细腻，目淡眉轻，点绛红唇，虽饰簪环，却仍显素净之美。身着深衣，体态纤细，长袖善舞，文静妩媚。对于女性之美的素朴、简约、柔静和细腻的崇尚，自先秦时代起就已有之。庄子《逍遥游》中就有：“藐姑射之山，有神人居焉，肌肤若冰雪，绰约若处子。”这种晶莹明洁、绰约多姿的女性美之审美观，影响并贯穿了整个古代社会。同时应当看到，汉乐府诗歌更倚重的，是女性面貌体态、顾盼举止间散发出的一种和谐之美。即便“腰若流纨素”、“指如削葱根”、“双鬟何窈窕，一世良所无”等细部摹写，也是以点代面，重在从细节中见出佳人浑然天成、顾盼生辉的整体美感。汉乐府诗歌中的佳人，显然是以生命内部的娴雅气韵见长。在当代女性热衷于借助医学手段、化学手段完善自身各个细部器官的视觉完美时，古代女性生命中静谧的，对于自身举止气质的研习和磨炼，更值得把“美”的关注点聚焦在外貌之夺目的当代女性们，从中汲取思想上和气质上的营养。

汉代的女性礼仪，着重于强调女性在家庭和社会生活当中的“敬”与“谦”。“敬”，是指对社会、对自然、对他人等存在价值的敬重，是女性自身社会地位、社会角色、受教育程度等综合素质的体现。“谦”，更多的是女性对自身主体的要求和约束，也是女性综合素质的反映。这种意义上的“敬”和“谦”在汉乐府女性题材诗作中有大量的具体描摹，传达出了女性礼仪的精义。当代女作家叶广芩在与其女儿顾大玉合著的《琢玉记——我与女儿之间的战争》一书中，详细记录了女儿在日本中学，学习儒家文化女性礼仪课程的情况，并深感在礼仪修养教育方面日本对于中华传统文化的学习、借鉴、折服之深。近年来，华东师范大学等院校也在学生中开设了“女性礼仪”专门课堂，可见当代社会中重建儒家文化观照之下的东方女性，特别是中国女性之“淑女风范”，已经成为了一项广受关注的社会工程。

二　汉代女性精神取向的现代意义

在男性本位文化与消费文化的共同影响之下，当代女性自身尽管拥有了古代女性所不能企及的很大程度上的人生选择权利，但文化品位的缺失、流行文化的影响与个人生命目标的被不断“物化”，使得当代女性在人生选择时，为数不少的人往往采取了将人生的成功与否等同于物质性的满足，如享受到优裕的生活资源，获得长期稳定的物质保障，将购物、旅游、美容等休闲生活作为生活的重要内容，等等。而对于精神性的生命追求，往往仅关注于张扬个性，获得男性的欣赏，获得家庭生活的美满幸福等，有回归于男权文化对于女性的要求和约束的倾向。

对于女性自身精神人格的更高级的实现需求，以及基于女性“人”的精神高度和精神自由的实现，在当代消费文化、传媒文化的影响和笼罩下已经被边缘化了。取悦于物质、取悦于男性，被视为了当代时尚女性最为正确“现实”的人生选择。甚至在纯文学作品当中，对于女性形象的塑造，也往往停留在传统良家妇女，与物化的、妖魔化的“欲女”之两极。这足可反映出当代女性精神生活重建尚未完成的现实境况。

在这种现状之下，研读汉乐府诗歌中所展现的汉代女性之精神状貌，对于当代社会中女性精神生命的重建，也不无借鉴、启发之意义。如面临人生的物化满足之时，《城中之水向东流》篇中莫愁的悲叹：“人生富贵何所望，恨不嫁与东家王。”尽管莫愁的婚姻生活中，有“兰室桂为梁”、“郁金苏合香”、“金钗十二行”、“丝履五文章”，但作为“人”，她却只能终日“妆成只是熏香坐”（唐王维《洛阳女儿行》），这无疑值得当代女性引为鉴镜，从消费文化中抬起头来，借以重新审视自己的人生。

消费文化、以感官刺激为目标的传媒文化，以及推崇个人享乐的奢侈品文化给女性生命所带来的，不仅是精神追求的浅表化与时俗化，同时更有精神阈界的狭隘化。当下，女性中对于社会责任的漠视，于家国观念的淡漠所做出的违背道德原则与人格底线的案例时见于媒体。女性将个人的人生目标局限在一己之得失当中，奉献精神与广博的爱心在部分女性身上日渐淡漠。相反的，女性气质中故有的偏执、吝啬、自私与娇纵取代了女性的慈爱、悲悯、宽容与深情。女性生命“神性”的光辉被沉浸于一己生命享受的“小女人”形象所取代。在此对比汉乐府诗歌《艳歌行》篇中，从“夫婿从门来，斜柯西北眄”与“石见何累累，远行不如归”的言行，可以反射出汉代妇女的博大胸怀和赤子之心。汉代女性的淳朴和对于生活的无邪热爱，无疑尤为令人感动。而在《胡笳十八拍》中，汉代女诗人蔡文姬所传达的宏大深邃的爱国情怀，与“小女人”更有云泥之别，尤其值得我们尊敬和学习。

结 语

依约触摸到了艺术的神光

《舞乐百戏》南阳县石桥东关汉墓

尽管汉乐府诗歌，产生于诗坛寂寞的两汉时代，然而汉乐府“感于哀乐，缘事而发”的伟大的现实主义诗歌创作传统，事实上却给中国诗歌发展带来了深远而重大的影响。

建安时代的三曹父子和“建安七子”，或用乐府旧题写就新辞，或领悟汉乐府精髓自创新曲，写下了大量的现实主义优秀诗篇。清人沈德潜在《说诗晬语》当中论述道：“借乐府以写时事，始于曹公。”南北朝期间，诗人鲍照继承汉乐府诗歌的创作风格，进一步发展了乐府古题的新曲写作和乐府新辞。唐代诗人中，李白、杜甫、王建、张籍等人，都有杰出的乐府新题佳作传世。至中唐，元稹、白居易提出了“文章合为时而著，歌诗合为事而作”（白居易《与元九书》）的新乐府运动主张，将汉乐府精神的继承上升到了诗歌创作理论的高度。至明清时代，“前后七子”也曾创作了大量讽喻时事的新乐府诗歌。汉乐府诗歌，可以说是古体诗歌又一取之不尽的母体和源泉。

汉乐府诗歌中的女性题材作品，作为诗歌史上继《诗经》之后第一次大量出现的反映女性生活状貌、情感世界和社会遭际的诗歌作品群，其对于后世女性题材诗歌乃至对于整个中国文学史上的女性文学，都发挥了极为重要的开启山林的作用。

从女性诗歌作者的角度看，汉乐府女性题材诗作开创了女性进行独立文学创作之先风。后世诗风盛行之时，代有女性，如宋之李清照和朱淑真、元之管道升、明之黄峨、清之王贞仪和陈端生等，皆以其深厚的文学修养，深致的女性情怀和灵慧的文学才华，创作出了各个时代女性对于自身生命情思、精神寄托、家国遭际、艺术感悟等生活方方面面的性灵之声。这些女性创作出的诗歌作品，无不兴象玲珑，意态清妙，然而探究起来哪一位又不是颇得汉代女性诗歌创作之深致之真传呢？

除此之外，汉乐府女性题材诗歌中男性视角对于女性的审美视角，也深远地影响了后世诗歌中的“情诗”创作。无论是曹植诗作中众多内外兼美的佳人形象以及诗人对女性的“神性化”礼赞，还是齐梁宫体诗对于女性肉体美的迷恋，都能在汉乐府诗歌的女性造像当中找出相似的面影。唐人情诗对于古诗十九首意境的继承，“艳科”之宋词之于汉乐府情诗中女性幽情的再现，以至于《金瓶梅》、《红楼梦》等明清小说中对于女性生命体验前所未有的深度开掘，无一不从汉代乐府诗歌女性题材作品中获得了古老的审美原型和精神依据。

在文学之外的文化领域，汉乐府女性题材作品中所记载、描写的诸如殉情典故、爱情符号、民间节日、婚丧礼俗等，无一不成为后世沿用弥久的文化元素。而汉乐府女性题材诗作清新素朴的女性审美品格，更成为了后世文学、艺术作品，乃至泛文化域界之中女性生命呈现的一抹永恒古雅的底色。

汉乐府女性题材诗作，作为古代文化中沉静地、平和地从文化的视角审视女性生命的开始，对于整部中国妇女发展史，同样具有重要意义。在这群诗作中，不仅女性的容貌之美开始被诗人健康地、真诚地、审美进行描画和赞美，更为重要的是，女性精神层面上的情爱、人格、社会地位、人生价值等诸多方面，也都开始了严肃的、深度的理性思考。在汉乐府女性题材诗歌当中，女性已经开始全方位地要求自身生命质量得到社会承认，要求不负此生，要求实现自我。这些来自女性自身的心灵之音，滋养了汉代之后古代女性对于自身生命意义的执著求索。同时，汉乐府诗歌中所记载的，在汉代已经初具规模的社会思想、社会制度、社会价值观对于女性的桎梏和摧残，也在之后的漫长时代中逐步加重，逐步深化，同时也激起了古代女性不绝于史、不绝于诗文的挣扎和反抗。

汉乐府诗歌中女性题材诗作的审美价值，体现在汉代女性对社会生活的认识价值，汉代女性人格及汉代女性形象中蕴涵的汉文化要素等教育价值；汉代女性的审美理想、情感体验等情感价值，文学理论意义上的美学价值，民歌特质和音乐属性的娱乐价值等诸多方面。通过对这些诗作的研读，不仅可以窥见汉代社会生活、思想文化的真实状貌，更可从男性作者、女性作者的双重视角，去解读这些以女性为核心题材的诗作，从而获得有关汉代女性之生命历程、精神状貌、人格轨迹以及社会认同度等诸多方面的丰富审美感受和历史信息。

由于身处重拾传统文化之脉络，重建和谐社会文化的当代，女性生命的文化重建也日益成为了一个颇受学界，乃至全社会关注的命题。因此，在这一背景之下研究汉乐府女性题材作品的审美价值，同时研究汉乐府女性题材诗作中沉淀的思想价值和妇女问题之价值，无疑也会使当代文学创作、文学批评，以及当代文化、女性之发展课题等，从中汲取到源自上古的智慧和养料。

对于汉乐府女性题材作品审美价值的研究，是一项涉及了社会学方法、人类学观照、心理学探讨、伦理学分析、民俗内容研究、美学意义解读与史证等多学科知识的综合运用，是合力推动下的以文学文本为出发点，多角度、多层面的文学接受性研究。在本书的写作过程中，随着研究的日益推进，笔者日渐感到，蕴藏在这一课题中的理论意义和美学内容体量之宏大精深，是自己目前的学养，还远远难以穷尽的甚至是难以把握的。因此，笔者愿以本书写作作为此课题研究的一个开端，在今后的问学生涯中，对汉乐府女性题材诗作这一“富矿”，进行长期深入的科学探索。以期逐步寻觅到隐藏在“北方有佳人”等诗句篇章当中的，汉代女性诗歌绝世独立的艺术光辉。

主要参考文献

（汉）司马迁：《史记》，中华书局 1959 年版。
（汉）班固：《汉书》，中华书局 1965 年版。
（汉）班固：《后汉书》，中华书局 2005 年版。
（汉）刘安：《淮南子》，中华书局 2006 年版。
（汉）班固：《白虎通义》，中华书局 1984 年版。
（汉）葛洪：《抱朴子》，中华书局 1997 年版。
（汉）刘向：《说苑》，中华书局 1985 年版。
（汉）桓宽：《盐铁论》，中华书局 1974 年版。
（汉）刘珍：《东观汉记》，中华书局 1965 年版。
（汉）陆贾：《楚汉春秋》，中华书局 1964 年版。
（汉）董仲舒：《春秋决狱》，中华书局 1980 年版。
（汉）许慎：《说文解字》，九州出版社 2006 年版。
（汉）崔寔：《四民月令》，中华书局 1965 年版。
（晋）葛洪：《西京杂记》，中华书局 1985 年版。
（晋）崔豹：《古今注》，商务印书馆 1937 年版。
（晋）陈寿：《三国志》，中华书局 1956 年版。
（梁）徐陵：《玉台新咏》，中华书局 1985 年版。
（唐）欧阳询：《艺文类聚》，上海古籍出版社 1982 年版。
（唐）吴兢：《乐府古题要解》，中华书局 1991 年版。
（宋）郭茂倩：《乐府诗集》，中华书局 1979 年版。
（宋）李仿：《太平御览》，中华书局 2002 年版。
（宋）严羽：《沧浪诗话》，人民文学出版社 1983 年版。
（宋）朱熹：《楚辞集注》，上海古籍出版社 1979 年版。

（元）汤垕：《古今画鉴》，书画出版社 1993 年版。
（明）佚名：《增广贤文》，上海古籍出版社 2007 年版。
（明）陆时雍：《古诗镜》，陕西人民出版社 1981 年版。
（明）陆时雍：《诗镜总论》，齐鲁书社 2006 年版。
（清）沈德潜：《古诗源》，岳麓书社 1998 年版。
（清）胡应麟：《诗薮》，上海古籍出版社 1979 年版。
（清）彭定逑：《全唐诗》，上海古籍出版社 1986 年版。
（清）张玉穀：《古诗赏析》，上海古籍出版社 2000 年版。
（清）阮元：《十三经注疏》，中华书局 1980 年版。
（清）程树德：《九朝律考》，中华书局 1963 年版。
（清）朱乾：《乐府正义》，上海古籍出版社 1983 年版。
（清）曹雪芹：《红楼梦》，人民文学出版社 1998 年版。
（清）王夫之：《古诗评选》，文化艺术出版社 1997 年版。
（清）刘熙载：《艺概》，上海古籍出版社 1978 年版。
钱穆：《秦汉史》，三联书店 2004 年版。
作家出版社编辑部：《乐府诗研究论文集》，作家出版社 1957 年版。
萧涤非：《汉魏六朝乐府文学史》，人民文学出版社 1984 年版。
王运熙：《乐府诗述论》，上海古籍出版社 2006 年版。
张松如：《中国诗歌史（先秦两汉）》，吉林大学出版社 1988 年版。
罗根泽：《乐府文学史》，东方出版社 1996 年版。
王汝弼：《乐府散论》，陕西人民出版社 1984 年版。
北京大学中国文学史教研室：《两汉文学史参考资料》，中华书局 1962 年版。
鲁迅：《鲁迅全集》，人民文学出版社 1957 年版。
余冠英：《诗经选译》，作家出版社 1956 年版。
李志慧：《汉赋与长安》，西安出版社 2003 年版。
李浩：《唐诗的美学阐释》，安徽大学出版社 2000 年版。
李泽厚：《中国古代思想史论》，天津社会科学院出版社 2003 年版。
李泽厚、刘纲纪：《中国美学史》，安徽文艺出版社 1999 年版。
葛兆光：《中国思想史》，复旦大学出版社 2002 年版。
胡经之：《文艺美学》，北京大学出版社 1989 年版。

叶嘉莹:《唐宋词十七讲》, 河北教育出版社 2000 年版。

叶嘉莹:《迦陵论词丛稿》, 南开大学出版社 2006 年版。

胡晓明:《万川之月》, 北京大学出版社 2005 年版。

胡晓明:《诗与文化心灵》, 中华书局 2006 年版。

张永鑫:《汉乐府研究》, 江苏古籍出版社 1992 年版。

孟晖:《花间十六声》, 三联书店 2006 年版。

张新科:《文化视野中的汉代文学》, 中国社会科学出版社 2006 年版。

瞿同祖:《汉代社会结构》, 上海世纪出版集团 2007 年版。

王子今:《古史性别研究丛稿》, 社会科学文献出版社 2004 年版。

林剑鸣:《秦汉社会文明》, 西北大学出版社 1985 年版。

梅家玲:《汉魏六朝文学新论》, 北京大学出版社 2004 年版。

崔明德:《先秦政治婚姻史》, 山东大学出版社 2004 年版。

彭卫、杨振红:《中国风俗通史(秦汉卷)》, 上海文艺出版社 2002 年版。

彭卫:《汉代婚姻形态》, 三秦出版社 1988 年版。

姚平:《唐代妇女的生命历程》, 上海古籍出版社 2004 年版。

陈东原:《中国妇女社会史》, 台湾商务印书馆 1986 年版。

陈鹏:《中国婚姻史稿》, 中华书局 1990 年版。

郭兴文:《中国传统婚姻风俗》, 陕西人民出版社 2002 年版。

潘晓梅、严育新:《婚俗简史》, 中国社会科学出版社 2004 年版。

王书奴:《中国娼妓史》, 三联书店 1998 年版。

沈从文:《中国古代服饰研究》, 上海书店出版社 2004 年版。

周汛、高春明:《中国历代妇女妆饰》, 香港三联书店 1993 年版。

王维堤:《中国服饰文化》, 上海古籍出版社 2001 年版。

冯保善:《红颜知己》, 济南出版社 2003 年版。

刘钧瀚:《青楼》, 百家出版社 2003 年版。

郭沫若:《沫若选集》, 人民文学出版社 1959 年版。

曹禺:《王昭君》, 四川人民出版社 1979 年版。

张广利、杨明光:《后现代女权理论与女性发展》, 天津人民出版社 2005 年版。

陈桂蓉等:《和谐社会与女性发展》，社会科学文献出版社 2007 年版。

王重民、刘修业:《敦煌曲子词集》，中华书局 1957 年版。

吴德新:《乐府诗的历史》，重庆出版社 2006 年版。

王儒林、李陈广:《南阳汉画像石》，河南美术出版社 1989 年版。

张道一:《汉画故事》，重庆大学出版社 2006 年版。

周国平:《妞妞》，上海人民出版社 1996 年版。

［美］明恩溥:《中国乡村生活》，时事出版社 1998 年版。

［美］黄仁宇:《中国大历史》，三联书店 2007 年版。

［英］弗雷泽:《金枝》，大众文艺出版社 1998 年版。

［法］西蒙·波伏娃:《第二性》，中国书籍出版社 1998 年版。

［德］黑格尔:《美学》，商务印书馆 1996 年版。

［俄］车尔尼雪夫斯基:《生活与美学》，人民文学出版社 1957 年版。

［德］尼采:《悲剧的诞生》，漓江出版社 2007 年版。

丁峰山:《〈陌上桑〉复式二重性及与采桑母题演变之关系》，载《宁夏大学学报》（人文社会科学版）2005 年第 3 期。

章必功:《品诗论史：婚姻篇——中国古代诗歌的文化解读》，载《新华文摘》2005 年第 12 期。

辛世芬:《汉乐府民歌中的妇女形象分析》，载《社科纵横》2005 年第 6 期。

曾晓锋:《试析汉乐府文事相依的传播特点》，载《中南民族大学学报》（哲学社会科学版）2004 年第 2 期。

赵敏俐:《汉代诗歌艺术产生的基本特征》，载《首都师范大学学报》（社会科学版）2004 年第 4 期。

赵敏俐:《20 世纪汉代诗歌研究综述》，载《文学遗产》2002 年第 2 期。

李保华:《汉乐府诗与〈古诗十九首〉艺术特征的异同》，载《南都学坛》2007 年第 1 期。

喻意志:《郭茂倩与〈乐府诗集〉的编撰》，载《音乐研究》2006 年第 4 期。

尚丽新:《宋本〈乐府诗集〉考》，载《古籍整理研究学刊》2006 年第4期。

季晗：《从汉乐府民歌〈上邪〉看古代爱情诗的审美特征》，载《黑河学刊》2006年第3期。

胡冰茹、唐宏：《从女性主义看乐府民歌中的女性风情》，载《玉林师范学院学报》2006年第2期。

许继起：《两汉掖庭女乐考论》，载《文学遗产》2006年第2期。

万光治：《古代女性的价值实现及其文学的悲剧意义》，载《四川师范大学学报》（社会科学版）2002年第6期。

宁稼雨、梁晓萍：《秋胡故事解析——兼论中国古代女性在婚姻中的自主地位》，载《天津大学学报》（社会科学版）2001年第2期。

王德胜：《走向大众对话时代的艺术——当代审美文化理论视野中的艺术话题》，载《新华文摘》2005年第12期。

李贞德：《隋汉之间的“生子不举”问题》，载《“中央研究院”历史语言研究所集刊》（第66本）1995年。

朱文：《〈秦女休行〉本事小考》，载《厦门大学学报》2006年第9期。

梁松石：《汉代妇女眉妆粉饰谈》，载《北华大学学报》2003年第3期。

王洲明：《汉代文学精神与汉代文学的风格特征》，载《河北师范大学学报》2003年第3期。

宋丙玲：《中国古代妇女的唇妆》，载《文史杂志》2005年第3期。

和附件。

当我将上述想法和所做的工作汇报给李师志慧后，李师在肯定研究汉乐府女性题材的意义的同时提示我，注意论文材料与观点相统一这一基本问题；要确定一个明确的研究视角和科学的研究方法。遵李师志慧所教，我反复认真研读了李师志慧的《汉赋与长安》、王运熙先生的《乐府诗述论》、张永鑫先生的《汉乐府研究》和李浩师的《唐诗的美学阐释》等著作。结合我所研究的汉乐府及其女性题材作品产生的具体社会历史环境和其具体的文学特质、文学史地位，摸索着运用美学阐释的研究方法去展开研究。在论文正式开题时，经李师志慧的肯定鼓励，我确定了自己硕士毕业论文的题目——《汉乐府女性题材审美论》。

女性题材作品，作为汉乐府诗歌中的一部分，不仅专题研究尚有足够的开掘空间，而且其女性文学特质蕴含着尤为丰沃的审美内涵。用哲学家周国平的话说，那就是“诗人和女性定有永久的盟约”。

然而在研读汉乐府的过程中，我惊喜地发现，相似的思想在汉乐府里早就拥有了更为诗意的表达：“北方有佳人，绝世而独立。一顾倾人城，再顾倾人国。宁不知倾城与倾国，佳人难再得。”

由此可见，情境亲切、兴象玲珑的汉乐府女性题材诗作，不仅是中国文学史长廊中的精品，更当是两千年前，那个时代人类女性题材文学作品的最高水准之展现。于是，我便尝试着对汉乐府诗歌中的女性题材作品，进行了一番执著深情的科学观照。

以我的阅历学养而言，能成就此长篇论文，实乃属李师志慧的悉心辅导，更仰仗李浩院长的精到指导、关怀和厚爱。今天尽管这部稚嫩的学术习作成就在了我二十六岁的生命之时，然而绿叶怎敢忘怀对于根的感恩。这里，我要特别感谢李浩院长，感谢李师志慧。先生诲人不倦的精神，提掖后进的胸怀，景仰景行，将成为我人生永续追寻故国文化精魂的不竭动力。

2008 年夏

高等学校经济学类核心课程教材

计量经济学模型案例与软件操作

主编　杨青龙
副主编　杨超　师应来

中国教育出版传媒集团
高等教育出版社·北京

内容简介

本书主要介绍各种常用计量经济模型的原理、案例及软件操作，内容主要包括一元及多元回归模型、违背经典假定的回归模型、时间序列计量经济模型、面板数据模型、联立方程组模型、条件异方差模型、向量自回归模型、空间计量经济学模型及离散因变量模型、受限因变量模型、分位数回归模型、非参数回归模型等常用回归模型。

本书从使用者角度出发，强调理论联系实际，每个模型均配有原理介绍、案例分析与软件操作，通过对案例的软件操作与分析，帮助读者加深对计量经济学模型的理解，提高其实际应用能力。本书所有案例均配有EViews、Stata及Excel三种格式的数据文件，可供统计学、经济学、管理学等涉及经济计量分析专业的学生及从事经济定量分析的实际工作者使用。

图书在版编目（CIP）数据

计量经济学模型案例与软件操作 / 杨青龙主编；杨超，师应来副主编. --北京 ： 高等教育出版社，2025.4
ISBN 978-7-04-061918-8

Ⅰ. ①计… Ⅱ. ①杨… ②杨… ③师… Ⅲ. ①计量经济模型-研究 Ⅳ. ①F224.0

中国国家版本馆 CIP 数据核字(2024)第 052776 号

Jiliang Jingjixue Moxing Anli yu Ruanjian Caozuo

策划编辑 吴淑丽　责任编辑 吴淑丽　封面设计 王 鹏　版式设计 杨 树
责任绘图 易斯翔　责任校对 刘丽娴　责任印制 刁 毅

出版发行 高等教育出版社
社　址 北京市西城区德外大街 4 号
邮政编码 100120
印　刷 鸿博汇达（天津）包装印刷科技有限公司
开　本 787mm×1092mm 1/16
印　张 23
字　数 570 千字
购书热线 010－58581118
咨询电话 400－810－0598
网　址 http://www.hep.edu.cn
http://www.hep.com.cn
网上订购 http://www.hepmall.com.cn
http://www.hepmall.com
http://www.hepmall.cn
版　次 2025 年 4 月第 1 版
印　次 2025 年 4 月第 1 次印刷
定　价 60.00 元

物 料 号 61918－00